Syrianna

Die Welt von
Arida

Band II

Uwe Balzereit

2021

Bibliografische Informationen der Deutschen National-
bibliothek.
Die Deutsche Nationalbibliothek verzeichnet diese
Publikation in der deutschen Nationalbibliografie,
detaillierte bibliografische Daten sind im Internet über
dnb.dnb.de abrufbar.
TWENTYSIX
Eine Marke der Books on Demand GmbH
© 2021 Uwe Balzereit
Herstellung und Verlag BoD - Book on Demand,
Norderstedt
Lektorat und Satz: www.mandy-kommoss.de
www.magierbund.de
Cover: https://darkmoon-art.de
ISBN 9783740787592

Für Jessica

Das Buch
Von Anbeginn der Zeit gab es ein Volk, dessen Name heute nirgends mehr zu lesen ist. Schon als sich die Ländereien und Meere formten, begann ebendieses Volk, all sein Wissen zu bündeln. Sie waren die Begründer und Erschaffer jener Magie, die längst in allen Welten Einzug gehalten hat. Um dieses Wissen zu schützen, übergaben sie es einem uralten Geschöpf, einem Adler. In ihm ruhte die Seele des größten Magiers, der jemals im Universum existierte. Der Prophezeiung zufolge hieß es, dass er sich nur zeigt, wenn die Not am größten ist. Niemand wusste genau, wann das sein sollte. Syrianna, einem einst unscheinbaren Mädchen wurde die Ehre zuteil, eine der Bewacherinnen des Adlers Salith zu sein...

Der Autor:
Uwe Balzereit, 1969 in Schwerin geboren, ist Vater von 3 Kindern und wohnt in der kleinen Stadt Güstrow in Mecklenburg-Vorpommern.
Inspiriert durch seine eigenen Lagerfeuergeschichten in Ferien- und Jugendfilmcamps brachte er die dort erzählten Abenteuer vom „Magierbund" nun zu Papier.

DUNKLE ZEICHEN

Olidir lief vor seinem Schreibtisch auf und ab. Immer und immer wieder ging er in Gedanken die unzähligen Nachrichten durch, die er in den letzten Tagen erhalten hatte. Es war von Toten die Rede, von vielen Toten. Auch hieß es, es seien ganze Wälder verschwunden. Irgendetwas breitete sich aus in Arida, etwas noch nie zuvor Dagewesenes. Selbst hier in der Festung der Flüche war deutlich die Magie zu spüren, die gewoben wurde. Sie war ungewöhnlich, neuartig und vor allem stark.

Es mochte kaum zwölf Monate her sein, als das Sterben begann und niemand wusste, wer oder was dafür verantwortlich war. Alle Truppen, die zu Untersuchungen in diese Regionen gesandt wurden, kehrten nicht zurück. Nicht einmal eine der ausgebildeten Tauben erreichte die Festung der Flüche mit einer Antwort.

Erenol flatterte aufgeschreckt durch das Arbeitszimmer des Ratsältesten, als dieser eine der vielen Schriftrollen unter dem riesigen Stapel auf dem Schreibtisch hervorzog. Olidir beachtete den alten Raben gar nicht und studierte konzentriert die riesige Karte, auf der die Welt von Arida abgebildet war.

Nun, da schon sehr lange nichts mehr die Grenzen überschritten hatte, glaubte sich die Welt in Frieden. Alle Weltenlinien waren doch ohne auffällige Aktivitäten geblieben?

Woher also kam dieses Böse, das sie nun zu überrollen schien? Und war es wirklich so mächtig, dass es niemandem gelang, dem Einhalt zu gebieten?

Heute musste Olidir dem Rat Rede und Antwort stehen, ihm vielleicht sogar schon
eine mögliche Lösung bieten. Längst war er es leid nur zu reden, sich immer nur zu rechtfertigen. Fast jeder der Ratsmitglieder verfolgte träge seine eigenen Studien oder ging sonst wohin seiner eigenen Wege. Es schien ihm, als kümmere sich der Rat nur noch um Belange, die nichtig und von geringem Interesse der Festung der Flüche waren.

Für dieses Problem jedoch hatte niemand ein offenes Ohr. Man schalt ihn einen Schwarzmaler, das Böse sei besiegt und damit hatte es sich! Wer oder was sollte denn schon den gewonnenen Frieden bedrohen?

Nur Emiliana hielt zu ihm. Sie teilte seine Sorge um Arida und verstand das Ausmaß der Bedrohung.

Zaghaft klopfte jemand an die Tür seines Arbeitszimmers. Olidir war so sehr in Gedanken versunken, dass er einen Moment brauchte, um sich von der Karte loszureißen.

»Ja, wer ist da? Ich sagte doch, dass ich nicht gestört werden möchte!« Er blickte auf.

Emiliana öffnete die Tür einen Spalt breit, so dass man nur ihr Gesicht erkennen konnte.

»Verzeiht, Olidir, aber es ist sehr wichtig. Einer unserer Kundschafter ist aus dem betroffenen Gebiet zurückgekehrt! Der Mann ist schwer verwundet und liegt im Sterben. Er sagt, er hätte eine Nachricht, die nur für Euch bestimmt sei. Bitte beeilt Euch, ihm bleibt wohl nur noch wenig Zeit. Folgt mir, ich bringe Euch zu ihm.«

Olidir zog überrascht seine buschigen Augenbrauen nach oben. Dann ließ er die Karte einfach zu Boden fallen und eilte zur Tür. Er hoffte, der Mann könnte ihm die Antworten liefern, die der Rat heute von ihm verlangen würde. Er musste Lösungen liefern, denn Stimmen nach möglichen Neuwahlen wurden laut und viele sahen ihn schon aus seinem Amt entfernt. Nicht dass Olidir machtbesessen wäre, doch er kannte diesen Rat genau, die Engstirnigkeit der Männer und Frauen.

Hastig zog er Emiliana am Arm zurück, als sie um die erste Ecke auf den langen Gang zum Krankenbereich der Festung einbog. »Komm! Hier sind wir schneller.!«, flüsterte er ihr zu.

Noch niemals hatte Olidir jemandem die geheimen Gänge der Festung gezeigt. Doch die Zeit drängte und er vertraute Emiliana, also verzichtete der Ratsälteste dieses Mal auf seine Verschwiegenheit. Außerdem wusste er längst, dass Emiliana seine Nachfolgerin sein würde, aber das tat jetzt nichts zur Sache. Sie mussten nur so schnell wie irgend möglich zu dem Verwundeten.

Erstaunt, aber wortlos folgte Emiliana ihm durch den engen Gang, der sich plötzlich vor ihnen auftat.

Sie liefen zwei schmale Treppen hinab, dann öffnete Olidir eine kleine eisenbeschlagene Holztür, auf der eigenartige Runen aufgemalt waren. Emiliana hatte schon viele magische Zeichen gesehen, diese allerdings waren ihr gänzlich neu. Wenige Schritte weiter eröffnete sich ihnen in einem weiteren schwach beleuchteten Gang nochmals eine Tür und kurz danach betraten sie auch schon den Flur zur Krankenabteilung. Erstaunt sah Emiliana sich um. Diese Tür, aus der sie gerade gekommen waren, hatte sie nie bemerkt. Sie drehte sich nochmals um, doch da war nichts, rein gar nichts. Der geheime Ausgang war verschwunden.

Ohne zu zögern, betrat Olidir den Krankenbereich. Er erinnerte sich noch an Zeiten, an denen nicht nur hier in den unzähligen Zimmern jedes Bett belegt war. Nein, selbst im Gang auf dem Boden und nur in einfache Decken gewickelt lagen damals die Verletzten. Wie viele Menschen, Elfen und Zwerge hier gestorben waren, vermochten sie nicht mehr zu zählen. Das alles war schon sehr lange her. Heute herrschte fast Totenstille in den Räumen. Eine Heilerin kam auf ihn zugelaufen, verneigte sich und führte die beiden wortlos in eines der vielen Zimmer. Hier lag ein Mann in der typischen Uniform eines Kundschafters auf einer Liege. Sein Gesicht war völlig entstellt. Das wenige, was von seinem Gesicht noch übriggeblieben war, war mit dunklen Linien durchzogen, ganz so als wäre alles Blut in seinen Adern tiefschwarz geworden. Selbst die Augen des Sterbenden waren nur noch schwarzglänzende Augäpfel. Der rechte Arm fehlte gänzlich, nur ein kleiner schwarzer Stumpf war ihm geblieben. Olidir erstarrte vor dem, was er hier sah, untersuchte den Mann dann aber pflichtbewusst und erkannte sofort die dunkle Macht, die von ihm Besitz genommen hatte. Erschrocken wich er zurück. »Niemand berührt diesen Mann!« Olidir trat wieder einen Schritt näher. »Was ist geschehen, Soldat? Berichte mir!«

Einen langen Moment herrschte gespenstische Stille in dem kleinen Raum. Dann durchzog plötzlich eine scheinbare Welle den Körper des Mannes. »Flieht von eurer Festung! Flieht! Wie Würmer werde ich euch jagen. Arida wird mein sein! Flieht!«

Die Heilerin, die den Ratsältesten zu dem Kundschafter begleitet hatte, schlug vor Angst die Hand vor den Mund und ein leises Wimmern war von ihr zu vernehmen.

»Wer seid Ihr, dass Ihr mit der Stimme unseres Kundschafters zu uns sprecht?«, rief Olidir laut.

»Mein Name ist Greng! Wisst ihr noch? All die Jahre habt ihr mich verhöhnt, ausgelacht, unterschätzt. Aus dem Land habt ihr mich gejagt. Aber nun ist meine Zeit gekommen. Die Stunden des Magierbundes sind gezählt! Verneigt euch vor meiner Macht!« Der Köper des Kundschafters bäumte sich auf, fiel kurz darauf zurück auf die Liege und zerfiel zu einem schwarzen Staub, der lautlos auf den Boden des Krankenzimmers rieselte.

Kopflos eilte die Heilerin heran und begann damit, den schwarzen Staub aufzufegen. Olidir riss die Frau erschrocken zurück, aber es war zu spät. Kaum dass sie den Staub mit ihren Fingern berührt hatte, blickte sie sich von Schmerz gepeinigt um und zerfiel ebenfalls zu Staub.

Noch nie hatte Olidir von einem Wesen namens Greng gehört, geschweige denn einen derart dunklen Zauber gesehen.

Augenblicklich glitt ein kleiner blauer Faden zu Boden, umwickelte den hinterlassenen schwarzen Fleck, umkreiste ihn und schloss ihn ein, so dass niemand mehr damit in Berührung kommen konnte. Olidir formte eine kleine Kiste aus dem blauen Licht. Mit einer schnellen Handbewegung fegte er den schwarzen Staub dort hinein und mit einem weiteren Wink der anderen Hand verschloss er die Kiste. Danach ließ er sie vor aller Augen verschwinden. Nichts blieb mehr von den beiden Menschen, die hier soeben gestorben waren. Noch immer wagte niemand zu sprechen. Schweigend und in wirre Gedanken versunken verließ Olidir das Krankenzimmer, Emiliana folgte ihm. Erst als sie vor dem großen Ratssaal ankamen, ergriff er wieder das Wort.

»Ich glaube, ich erkenne diesen Zauber. Das Volk der Dwilish konnte Flüche solcher Art auferlegen. Und das, was wir soeben gesehen haben, ist eindeutig echte Naturmagie. Allerdings sind diese magischen Wesen schon seit tausenden von Jahren aus Arida verschwunden.« Wer oder was auch immer dieser Greng war, sie mussten ihm Einhalt gebieten! »Wir müssen den Rat davon überzeugen, dass wir weitere Truppen aussenden, um den genauen Wirkungskreis dieses Wesen auszumachen. Die alte Bibliothek wird uns vielleicht ebenfalls nutzen, um herauszufinden, worum es sich dabei handelt. Wir müssen den Rat dazu bewegen, uns ihre Stimmen dafür zu geben, in den verbotenen Büchern zu lesen.«

Olidir endete schwer atmend mit diesem Satz und Emiliana schob sich entschlossen an ihm vorbei, um die schwere Tür zum Ratssaal aufzustoßen.

Jeder Stuhl war besetzt. Niemand fehlte, was eigentlich fast unmöglich war, denn gewöhnlich gingen viele Mitglieder eben lieber ihren eigenen Interessen und Studien nach, als dass sie sich hier im Rat um für sie belanglose

Dinge streiten wollten. Doch heute war es anders. Sofort wurde es still, als die beiden den Saal betraten. Nur in der hintersten Reihe vernahm man noch ein leises Tuscheln, welches aber sofort verstummte als Emiliana in diese Richtung schaute, während sie schon fast instinktiv dem Ratsherrn zum Rednerpult folgte und sich neben ihn stellte. In aller Ruhe goss Olidir sich ein Glas Wasser ein, schaute sich um und blieb mit den Augen kurz an dem einen oder anderen Gesicht in den Rängen hängen, um daraufhin noch immer schweigend einen Stapel Papier aus seinem Gewand hervorzuziehen.

Er blickte zu Emiliana, um ihr und wohl auch sich selbst Mut zu machen. Dann richtete er seinen Blick noch einmal in die Runde. Noch immer hörte man kein Geräusch im Saal. Die Anspannung war fast greifbar.

»Das Böse ist zurück!« Olidir ließ bewusst eine kleine Pause, um seiner Aussage den erforderlichen Nachdruck zu verleihen. Doch es schien, als würden sie die Botschaft nicht verstehen. »Das Böse hat Arida wieder heimgesucht. Nein, diesmal nicht aus einer anderen Welt, das ist wohl sicher, aber etwas längst Todgeglaubtes, die unverkennbare Magie der Dwilish, ist offenbar zurückgekehrt in unsere Welt.« Er atmete tief durch.

»Einer unserer Kundschafter ist heute zurückgekehrt. Er berichtete von einem Wesen, welches den Namen Greng trägt. Es sprach mit der Stimme des Mannes zu uns, dass wir alle daran schuld seien, dass er den Tod nach Arida gebracht hat. Wir alle sollten ihn, den Greng auch kennen. Doch wir wissen nicht viel über die Magie der Dwilish und nur die alte Bibliothek könnte Wissen über das Volk hergeben. Mir ist bewusst, dass diese Magie zu den verbotenen Künsten gehört, aber wir müssen mehr erfahren über ihre Macht! Wenn wir nicht erkennen, womit wir es hier zu tun haben, wird Arida vielleicht schon sehr bald dem Untergang geweiht sein!«

Wie ein Sturm, der langsam heranrollt, wurden nun die Stimmen im Saal lauter und lauter. Schon bald war niemand mehr recht zu verstehen. Ein jeder schrie aufgebracht irgendetwas in das Stimmenchaos hinein, das sich nun erhob.

Emiliana trat näher an Olidir heran. Sie hob ihre rechte Hand, wischte kurz durch die Luft und unzählige kleine blaue Lichter flogen daraufhin direkt auf die Ratsmitglieder zu. Sobald einer von ihnen getroffen wurde, verstummte dieser schlagartig und wandte seine Aufmerksamkeit wieder dem Podium zu. Als sich wieder Ruhe über den Rat legte, erhob Emiliana das Wort.
»Was ist denn in Euch gefahren, das Wort des Ratsältesten zu bezweifeln? Wo bleibt Euer Respekt? Dieser Mann hier«, sie deutete auf Olidir, »war es, der im letzten Krieg mit seinem Wissen die Welt von Arida rettete und in Bahnen lenkte, die das Erblühen unserer Welt ermöglichten. Heute seid Ihr wohl selbstgefällig und taub geworden für alle Gefahren. Ihr ruht Euch aus auf Euren Fettpolstern! All dies wird schwinden, wenn wir nicht bald etwas unternehmen. Noch so einem Krieg wie er an den Grenzen des Landes tobte, können wir nicht standhalten. Diese dunkle Kreatur, die uns völlig unbekannt ist, birgt vielleicht mehr Gefahren für uns als alle feindlichen Heere, die wir bisher

geschlagen haben! Um der Sicherheit von Arida Willen! Besinnt Euch Eurer Aufgaben hier und beschließt mit der Weisheit, auf deren Grundlage Ihr einst in diesen Rat gewählt wurdet!«

Man hätte die sprichwörtliche Stecknadel fallen hören können, so ruhig blieb es in dem uralten Gemäuer.

Plötzlich tauchte unerwartet aus dem tiefen Dunkel der Nischen eine Reihe von Soldaten auf, ein jeder bewaffnet mit einer Armbrust, in der ein Bolzen bereit lag. Sie zielten direkt auf Olidir und Emiliana.

Alle Mitglieder des Rates standen nun von ihren Stühlen auf und blickten auf die beiden, die hier in Bedrängnis geraten waren. Dholin, ein Mitglied des Rates und seit jeher Widersacher des Ratsältesten trat hervor.

»Olidir. Emiliana. Der Rat hat einstimmig beschlossen, Euch von allen Ämtern zu entheben. Die Mär, die ihr uns heute versucht aufzutischen, hat diese Entscheidung begründet. Wir sind es leid, von Euren Hirngespinsten zu hören. Nichts und niemand bedroht den Frieden von Arida! In den Wäldern, wohin wir die letzten Kundschafter gesandt hatten, hausen wilde Magier, also nichts, was uns wirklich gefährlich werden könnte.

Ihr wollt nur unsere Angst schüren und somit Eure Macht festigen, wie Ihr es schon immer getan habt. Ihr sollt verbannt sein aus der Festung! Kehrt niemals zurück, denn sonst werden wir nochmals über Euch richten und Euer Tod wäre sicher!«

Wie auf Kommando schritten die Soldaten auf Olidir zu.

Dieser legte schützend seine Arme um Emiliana und sprach laut einen Zauber in der alten Sprache. Augenblicklich lösten sich unzählige Bolzen aus den Waffen der Soldaten und trafen das Rednerpult. Splitter flogen in alle Richtungen, doch die beiden waren schon nicht mehr im Saal, sondern in Olidirs nun ehemaligem Arbeitszimmer.

»Olidir, was geht hier vor? Was will Dholin?«

Anstatt zu antworten, murmelte er nur: »Liehrel ist nicht sehr groß, aber vorerst sind wir hier sicher. Gewiss wird der Rat die Weltenlinien überwachen. Wir können demnach wohl vorerst auch nicht von hier weg.«

Olidir trat durch ein großes Portal auf einen riesigen Innenhof.

Hier zwitscherten munter die Vögel in der Luft und Wasserspiele plätscherten in ihrem ganz eigenen Singsang vor sich hin. Alles hier war Frieden und Ruhe.

»Komm, wir stärken uns erst einmal, dann reden wir über einen konkreten Plan.« Seelenruhig setzte er sich an einen der hier aufgestellten Tische, lehnte sich in seinem Stuhl zurück und genoss kurz die Schönheit seiner geheimen Welt.

»Es wird wohl nicht lange dauern, dann wird Dholin sich an die Spitze des Rates drängen. Es ist also nur eine Frage der Zeit, bis er auch all die anderen, die mir bis heute noch wohlgesinnt sind, ausgetauscht hat.«

Mit einem kurzen Wink füllte sich der Tisch mit Speisen und Getränken. »Lass uns essen, dabei fällt uns sicher etwas ein.« Olidir machte eine einladende Geste. Zögerlich setzte sich Emiliana zu ihm.

Sie begriff nicht, wie der alte Magier so ruhig bleiben konnte. Sie dagegen verstand die Welt nicht mehr. Die Festung der Flüche war vor ihren Augen in die Hände machtversessener Magier gefallen, die alles daran setzen würden, nur ihre eigenen Interessen durchzubringen! Gelassen goss Olidir samtroten Wein in die wundervoll verzierten Becher, die nun vor ihnen standen. »Geduld mein Kind, hab Geduld.«

DIE JAGD BEGINNT

Der Bug der Schaluppe fuhr knirschend an das Ufer.
Kaum hatte das große Boot haltgemacht, sprang Syrianna über Bord und lief auf den weißen Sandstrand zu.
Endlich wieder festen Boden unter den Füßen zu spüren, war ein wunderbares Gefühl! »Das ist also Arida?« Areidon stand plötzlich direkt neben Syrianna, gekleidet wie ein Bauer der Südlande.
Sie war sich allerdings jetzt gar nicht mehr so sicher, ob sie wirklich in Arida angekommen waren, denn diese Küste kam ihr völlig unbekannt vor.
Sie zögerte kurz. »Ja, das wird es wohl hoffentlich sein.«, murmelte sie.
Die Mannschaft schaffte die Sachen, die Syrianna und Areidon mit sich geführt hatten,
von Bord und setzten zurück nach Orsestin.

So schnell, wie sie an Land gekommen waren, waren sie auch wieder verschwunden. Am Horizont erahnte man bald darauf nur noch die großen Segel des Schiffs, bis es gänzlich aus dem Blick verschwand.
Syrianna saß vor all den Kisten und Taschen.
»Was in Gottes Namen ist das alles? Und wie sollen wir all dies transportieren?«
Areidon hatte es sich derweil im Schatten einiger Sträucher an einem kleinen Bach, der sich hier in das Meer ergoss, gemütlich gemacht.
Fröhlich schaute er sie an und reichte ihr etwas von dem gepökelten Fleisch, das er mit von Bord genommen hatte.
»Mädchen, komm setz dich und iss.
So viele Sachen sind das gar nicht, Kind, meist Bücher über das verbotene Land.
Ich denke, wir werden sie gewiss noch brauchen.«, winkte Areidon ab.
»Ich kümmere mich darum. Wichtiger jedoch ist dieses hier.« Er deutete auf eine Karte, die er von dem Ratsältesten von Orestin bekommen hatte.
»Ich glaube, wir sind hier.«

Sein Finger zeigte auf einen Abschnitt der Küste gegenüber dem verbotenen Land.

Ganz in der Nähe war ein Ort namens Eldar verzeichnet.

»Dann lass uns zu diesem Ort gehen, Areidon. Ich brauche ein Bad und muss auch endlich mal wieder in einem richtigen Bett schlafen.«

Er wob eine Kuppel um ihr Lager, womit sie nicht vor Wind und Wetter geschützt waren, sondern auch vor den Blicken anderer.

»Heute werden wir die Nacht hier verbringen, morgen früh dann ziehen wir los.«

Bis tief in die Nacht hinein berieten die beiden, wo sie Syriannas Schwestern finden und wie sie sie befreien würden.

Später, als Syrianna bereits schlief, bestimmte Areidon mit Hilfe der Sterne noch einmal ihre genaue Position und zeichnete diese in die Karte ein.

Eldar musste demnach nur etwa einen Tag von ihnen entfernt liegen. »Syrianna wird sich freuen.«, dachte der Dwilish bei sich und blickte hinüber zu dem Mädchen.

Syrianna wälzte sich im Schlaf, murmelte leise Worte in einer sehr alten Sprache und die

Tasche neben ihr begann pulsierend zu leuchten. Areidon spürte, dass es sich hier um Magie, um uralte Magie handelte.

Er hatte sie schon sehr lange nicht mehr gehört, aber er erkannte die Worte.

Sie hatten viel Kraft und sollten eigentlich, soweit er wusste, für immer verborgen bleiben.

Das Ei Saliht hatte jedoch sicher seine berechtigten Gründe, dem Mädchen so viel Macht zu verleihen.

Das Leuchten erlosch.

Syrianna entspannte sich sichtbar und schlief ruhig atmend weiter.

Auch Areidon machte es sich nun bequem und nickte schnell ein.

Ein kräftiger Duft stieg ihm in die Nase. Zögernd schlug Areidon ein Auge auf, dann das zweite.

Er blickte in Syriannas putzmunteres Gesicht. Sie lächelte und schob ihm einen Becher mit dampfendem Tee entgegen. »Steh auf, alter Mann! Eldar wartet auf uns!«

Stumm trank er seinen Tee und beobachtete, wie das Mädchen versuchte, all die Sachen

von dem Schiff in ihren Rucksack zu stapeln. Als sie dann schließlich alles verstaut hatte, schaffte sie es aber kaum noch, ihr Gepäck anzuheben.
Wütend setzte sie sich wieder neben den Dwilish zu Boden und schaute ihn verzweifelt an.
»Wie sollen wir all das Zeug mitbekommen? Das schaffen wir niemals!«
Areidon lächelte und hob seine Hand, zeigte mit dem Finger auf das Gepäck und formte in der Luft eine Kiste. Die Sachen verschwanden darin. Dann setzte er die Kiste auf den Boden und hüllte sie in einen Kokon aus Magie. Langsam, ganz langsam schrumpfte die Kiste nun vor ihren Augen auf die Größe eines Apfels zusammen. Grinsend, jedoch noch immer ohne ein Wort steckte der Dwilish die kleine Kiste in seine Hosentasche.
»Mit Glück sind wir heute Abend in Eldar. Lass uns endlich gehen.«

DIE ZWEI SCHWESTERN

Hier irgendwo ganz in der Nähe hinter den Stromschnellen musste das alte Gut sein, welches er damals gekauft hatte. Nun ja, „gekauft" war vielleicht nicht das rechte Wort. Gewonnen hatte er es bei einem Kartenspiel in der „Verschlafenen Witwe". Seine Karten waren eben immer die besten, dafür sorgte Pergen meist schon unbemerkt vor dem Spiel. Das Gut war nicht groß und erst recht nicht übermäßig prachtvoll, doch für seine Zwecke würde es reichen. Niemand würde ihn hier im Großwald vermuten. Zu viele Geschichten über böse Geister, Hexen und Untiere, die hier umherstreiften, kursierten unter den Leuten. Alles war so, wie er es sich vorgestellt hatte. Ein ruhiges Plätzchen, weite grüne Wiesen, Bäume und unsagbar viele Blumen. Niemand würde auch nur im Ansatz vermuten, dass hier die neue Macht von Arida geboren würde. Dieser Ort war für Großes bestimmt, da war sich der Greng sicher.

Und er wusste, dass das Mädchen ihn suchen würde. Sollte sie nur kommen. Die beiden Schwestern Laessa und Fyrith, sie waren das beste Mittel, um Syrianna genau hierher zu bewegen. War sie erst einmal in seiner Gewalt, würde er all seine Macht ausspielen und damit seinen Plan endlich Wirklichkeit werden lassen. Er, Pergen, bisher nur unbedeutendes Mitglied des Rats von Ellion und von Areidon dazu verdammt, als Greng durch diese Welt zu wandeln, war auf dem besten Wege, Herrscher von ganz Arida zu sein und dagegen würden auch ein mageres Mädchen und der Dwilish nichts unternehmen können.

Laessa war schwach von der langen Reise, doch Pergen war das egal. Die Mädchen mussten Koffer um Koffer, Kiste um Kiste von dem alten Flussschiff entladen und in das Haus bringen. Immerhin fand sich dafür ein Kutschwagen in der großen Remise und kräftige Pferde grasten auf der Weide. Auch war sogar noch Personal im Haus. Erst waren die Dienstboten darüber verwundert, dass die Mädchen so plötzlich auftauchten. Als sie dann jedoch erfuhren, in wessen Auftrag sie kamen und dass der Besitzer des Guts ebenfalls in Kürze anreisen würde, begannen sie emsig, alles im Haus herzurichten. Sie ahnten ja nicht, dass ihr neuer Herr längst zwischen den angrenzenden Bäumen stand.

Das Herrenhaus war schön, anzusehen mit seiner Fachwerkfassade und den kleinen Holztürmen. Es bestand aus vier großen Flügeln, von denen einer vom Personal bewohnt wurde. Nur der Gärtner und der Hufschmied, der gleichzeitig die Stallungen beaufsichtigte, hausten etwas abseits in kleinen schilfbedeckten Katen. Und dann gab es natürlich auch noch das niedere Personal, das im Torhaus untergebracht war.

Erst als die Sonne tief hinter dem Horizont versunken war, betrat der Greng das Haus. Keine Seele rührte sich mehr. Die Luft im Innern des Hauses war merklich kühler und seine Blätter raschelten leise, als sie den Temperaturwechsel bemerkten. Auf den Fliesen am Boden starrten ihm kunstvoll gestaltete Abbildungen von Drachen und anderen Fabelwesen entgegen, die Wände waren schwer vertäfelt mit aufwändig geschnitzten Holzornamenten. Eine breite Treppe führte hinauf auf eine Empore, die zu den einzelnen Zimmern führte. Der riesige Kronleuchter, auf dem derzeit vermutlich um die einhundert Kerzen thronten, spendete reichlich Licht. Er setzte gerade einen Fuß auf die erste Stufe der riesigen Treppe, als neben der Treppenkammer eine kleine Tür aufgetan wurde. Eine ältere Frau trat heraus.

Erschrocken blickte sie zu dem Greng. Ihr Mund stand offen und ihre Augen schienen aus dem Kopf zu quellen.

Er nutzte die sicher nur vorübergehende Starre der Frau und bevor sie schreien konnte, sprang er mit zwei großen Schritten auf sie zu. Eine kurze Berührung und von ihr blieb nichts weiter übrig als schwarzer Staub, der lautlos zu Boden rieselte.

Dass er wie so oft einfach ein Leben ausgelöscht hatte, störte ihn nicht mehr weiter. Pergen nahm es gelassen und als etwas Selbstverständliches hin. Er musste es eben tun, denn sonst würde er selbst sterben und er brauchte Kraft für sein großes Ziel.

Seelenruhig stieg er die Treppe hinauf und nahm das größte aller Zimmer in Augenschein. Wie lange hatte er nicht mehr den Luxus eines bequemen Bettes spüren dürfen? Erinnerungen stiegen in ihm auf, Erinnerungen an ein Leben in Wohlstand,
aber auch in ewiger Furcht davor, in Ungnade zu fallen. Und dann war da noch Zoria. Sie hatte ihn in der Hand. Woher hätte er denn auch wissen sollen, dass diese Frau Magie benutzen würde, als er den Schwur leistete? Aber sie hatte ihm Macht versprochen und die bekam er, als er in den Rat am Hofe von Ellion aufgenommen wurde. Doch es geschah, was geschehen musste: Der Anschlag auf den König von Ellion schlug fehl. Was mussten sich auch dieser dumme junge Magier und seine selbstlose Schwester dort einmischen? Ellion sollte ihm gehören, sobald der König erst Tod sei, Zoria hatte es ihm versichert. Dann aber endete alles nur in seiner Flucht, sie waren ihm auf der Spur gewesen und alles schien endgültig verloren, als er von Zorias Ableben erfahren hatte. Eiskalt stierten seine Augen in die Dunkelheit. Jetzt aber war er

zurück, zurück mit neuer Kraft und einer Waffe, wie sie Arida noch niemals gesehen hatte.

ELDAR

Wie Areidon vorausgesagt hatte, erreichten sie am späten Abend ihr Ziel. Eldar war eine kleine Stadt mit dicht aneinander gedrängten Holzhäusern und einem riesigen Platz, in dessen Mitte ein kunstvoll gestalteter Brunnen aufragte. Der größte Teil des Platzes wurde regelmäßig als Markt genutzt, so auch als Syrianna und Areidon durch das Stadttor traten.
Die Stadtwachen hatten die beiden Ankömmlinge erst abschätzend von oben bis unten gemustert, da sie jedoch nichts Auffälliges bei sich hatten, wurden sie schließlich wortlos eingelassen.
Eldar musste eine sehr junge Stadt sein, denn vieles schien, als sei es gerade erst erbaut worden. Die Holzschindeln auf den Dächern waren noch kaum mit Moos bedeckt, alles war sauber und aufgeräumt. Auch der Baustil der

Häuser war fremdartig. Die Fenster bestanden aus klarem Glas, nicht wie sie es kannte aus mit Blei eingelassenen Glastücken, und meist als Bild gestaltetet.

Doch Syrianna gefiel, was sie sah. Die meisten Menschen hier in Eldar mussten von hohem Stand sein, wenn sie sich so etwas leisten konnten.

Unweit des Marktplatzes stand ein zweistöckiges Gebäude, davor einige hölzerne Tische und Bänke, auf denen sich die Menschen laut unterhielten, während sie sich abwechselnd in den Redepausen die vor Ihnen stehenden deftigen Speisen in den Mund schoben. Syrianna spürte ein unangenehmes Ziehen in der Magengegend und die leckeren Düfte, die ihr hier entgegenwehten, verstärkten das Gefühl von Hunger nur noch mehr. Schnurstracks ging sie auf das Wirtshaus zu und Areidon tat es ihr gleich.

Freundlich wurden die beiden von einer jungen Frau begrüßt. Sie war gepflegt und mit einem langen geblümten Kleid bekleidet. Die davor gebundene Schürze zeichnete sie als Wirtin aus. Kaum hatten Syrianna und Areidon an einem der Tische Platz genommen, brachte ihnen die Wirtin einen Becher mit gekühltem und mit Fruchtsaft verdünntem Wein. Gierig trank Syrianna das edle Getränk aus. Mit einem lauten Knall klopfte sie den Becher zurück auf den Tisch und zog damit alle Aufmerksamkeit auf sich. Scheinbar galt ein solches Verhalten nicht als üblich in Eldar? Aber schon wenige Augenblicke später waren die umstehenden Gäste wieder ganz mit sich selbst beschäftigt.

Die Speisen, die nun folgten, waren einfach köstlich. Areidon bat die Wirtin herbei, sprach ihr sein Lob aus und bat dann um zwei Zimmer und ein Bad. Sie versicherte lächelnd, sofort alles entsprechend herzurichten.

Noch weit bevor sich die Sonne über den Horizont schob, schreckte Syrianna aus dem Schlaf. Panisch versuchte sie, zu verstehen, was passiert war. Sich im Halbdunkel der Dämmerung nicht in der kleinen Kammer zurechtzufinden, machte es ihr nicht einfacher. Sie setzte sich auf die Bettkante und zündete ein Licht an. Nur mühsam beruhigte sich ihr Herzschlag wieder.

Was war das? Woher kam diese Stimme, die sie da rief, immer lauter werdend, bis sie letztendlich durch die Nacht brüllte? Zwei Gesichter tauchten abwechselnd auf: das des Greng und Dylan, wie er da in seinem Blute lag, gefallen durch die Klinge des Feindes. In seiner Verzweiflung und im Kampf mit dem Tod hörte sie ihn nochmals den Namen derer rufen, der er sein Herz geschenkt hatte. War es ein Traum? War es die Wirklichkeit? Eine Vision oder gar ein böses Omen?

Dylan. So lange hatte sie ihn nun schon nicht mehr gesehen. Sofort schlug ihr Herz wieder schneller bei dem Gedanken an ihn. Wo war er jetzt?

Langsam legte sie sich wieder auf das weiche, mit Daunen gefüllte Kissen. Das kalte Leinen erfrischte ihren Körper. Sie würde nachher mit Areidon über ihre Befürchtungen sprechen. Ein zaghaftes Klopfen ließ sie erneut aufschrecken. Heller Sonnenschein drang durch das kleine Fenster der Kammer. Zaghaft öffnete Areidon die Tür. Er war gekleidet wie ein Bauer.

»Mädchen, wir müssen schon sehr bald weiter. Ich habe neue Informationen. Wir reden gleich beim Frühstück darüber.« Von der Neugier gepackt sprang Syrianna aus dem Bett und kleidete sich in Windeseile an. Diesmal war der Schankraum eher spärlich gefüllt, vereinzelt saßen Händler oder Soldaten an den verwaisten Tischen. Gleich neben dem Eingang trommelte Areidon ungeduldig mit den Fingern auf die Tischplatte. »Verzeih bitte, Areidon, dass ich so lange geschlafen habe.« Syrianna schob sich an seine Seite. »Was hast du Wichtiges erfahren?« Areidon beugte sich zu ihr, zeichnete mit dem Finger, den er zuvor kurz in seinen noch dampfenden Tee eingetaucht hatte, die Karte von Arida.

»Schau, hier sind wir. Und dort«, er tippte ziemlich weit nordwestlich auf eine Stelle,

»dort geschehen sehr merkwürdige Dinge und es verschwinden immer wieder Menschen. Ganze Wälder lösen sich in Nichts auf oder bilden sich über Nacht neu. Man sagt, dort hause das Böse. Passt das alles nicht gut zu unserem Freund, dem Greng?« Sie nickte nur stumm und wartete auf die weiteren Worte

des Magiers. »Heute in der Frühe kam eine Gruppe Händler in die Stadt, die Hals über Kopf aus besagter Region geflüchtet waren. Sie haben einen großen Teil ihrer Waren zurücklassen müssen, um schneller voranzukommen und sie erzählen von riesigen Wolken aus schwarzem Staub. Staub, der am Horizont aufsteigt und überall dort wo er niedergeht nichts als den Tod verbreitet. Tausende von Menschen, unzählige Dörfer und Städte sind offenbar genau um diesen Punkt hier im Großwald ausgelöscht. Das wird das Versteck des Greng sein. Ich bin mir sicher.«
Wieder nickte Syrianna. Und starrte eine Weile in die Leere. Jetzt sprang sie abrupt auf. »Dann lass uns aufbrechen und dieses Übel endlich auslöschen!« Sanft zog Areidon sie wieder zurück auf den Stuhl. »Langsam, Kind, langsam. Zuerst sollten wir frühstücken, bevor wir uns auf die Reise begeben. Alles andere habe ich bereits veranlasst.«
Syrianna wusste, dass der Dwilish keine Widerworte dulden würde.

ERINNERUNGEN

Wie viele Monate waren vergangen, seit Syrianna ihn verlassen hatte? Seine Aufgabe um Grywald hatte er erledigt. Jetzt war er derjenige, der bestimmte, was er tun wollte. Seine Schwester, mittlerweile Königin von Ellion, war glücklich. Seine Mutter Emiliana hatte wie immer im Rat zu tun. Einzig Olidir fand ab und an Zeit, um mit ihm zu reden, wenn er in der Festung der Flüche war. Immer wieder steckte der alte Mann ihm Bücher zu, von denen er behauptete, sie erst kürzlich in der Bibliothek gefunden zu haben.
Dylan kannte nahezu jedes Buch aus der riesigen Bibliothek. Demnach wusste er auch genau, dass diese Bücher eigentlich nur Olidirs geheimem Schrank entnommen sein konnten. Einige der dort untergebrachten Bücher konnte er kaum lesen, da sie in der alten Schrift sowie in einem Dialekt geschrieben waren, den er noch nie zuvor gelesen hatte. Doch für Dylan war das Herausforderung genug. Heute aber hatte er den Kopf

nicht frei, um den Büchern all Ihre Geheimnisse zu entlocken. Eigentlich wollte er mit in den Dunkelwald und ergründen, was es dort mit dem Sterben der Menschen und Wälder auf sich hatte. Doch viele Nächte lang suchten ihn nun schon die Träume heim, in denen Syrianna auf einem riesigen Vogel ritt und seinen Namen rief. Und er gab ihr sein Wort. Sobald Frieden in Arida wäre, würde er ihr folgen und dafür sorgen, dass sie Salith und die Schwestern befreien konnte. In Ellion würde er sich von Luana verabschieden und auf den Weg machen, um Syrianna zu finden. Vielleicht wusste in Morhaven jemand etwas darüber, wohin und mit wem sie gereist war.

Mit einer Bewegung aus dem Handgelenk und Worten, die er nur mit den Lippen formte, bildete sich das riesige Portal. Ohne zu zögern führte er sein Pferd hindurch. Er achtete schon gar nicht mehr auf das leise Zischen, das entstand, wenn sich das Portal hinter ihm verschloss. Sofort versperrten zwei Soldaten ihm den Weg. »Was ist hier los? Wieso werden diese Portalpunkte bewacht? Tretet beiseite, Soldaten, ich bin Dylan, Bruder der Königin!«

Die Soldaten verbeugten sich eilig. »Verzeiht, wir haben Befehl, jeden, der durch ein Portal hierher gelangt, augenblicklich zum König zu bringen. Wir werden Geleitschutz für Euch herbeirufen.« Dylan stieg auf sein Pferd und drehte sich trotzig zu den Soldaten. »Das wird nicht nötig sein. Aber kündigt mich dem König gern an. Und sagt ihm, es freut mich, ihn wiederzusehen.« Dann gab er seinem Pferd die Sporen und hielt auf das Stadttor zu. Im Schlosshof wartete Luana bereits mit einer Vielzahl von Dienern und Hofvolk. Dylan schloss seine Schwester in den Arm. Es tat so gut. »Schön, dass du da bist, Dylan!« König Marim kam gelassen die riesige Treppe herunter. »Du hast sicher bemerkt, dass wir die Portalpunkte bewachen?«

Dylan nickte. »Aus welchem Grund?«

»Vor einigen Wochen sind Truppen an der Küste des Südhafens aufgetaucht. Sie streben in Richtung Großwald, rauben, plündern und morden. Meine Späher glauben, dass es Truppen von Isir sind. Angeführt wird das Heer von einer Frau, sie ist vermutlich die Königin ihres Landes. Aber komm, lass uns das in unseren Räumen besprechen. Du hast bestimmt viele Fragen und sicher auch selbst viel zu erzählen.«

Luana zerrte Dylan förmlich hinter sich her. Als den Thronsaal erreicht hatten, zog Luana ihren Bruder beiseite. »Bruder, ich muss dir unbedingt etwas sagen, aber du musst mir versprechen, Marim nichts zu erzählen. Es soll noch unser kleines Geheimnis bleiben.«

Dylan nickte angespannt. »Sag schon, was ist passiert?«

Luana strich sich zärtlich über den Bauch und zwinkerte ihrem Bruder verschwörerisch zu.

»Nein! Du bist doch nicht etwa...« Weiter kam Dylan nicht, da Luana ihm erschrocken die Hand auf den Mund presste. Marim betrat nun ebenfalls den Thronsaal und schaute die beiden fragend an. »Was tut ihr hier?«

Kichernd drehte sich Luana von Dylan weg und tat, als hätte sie einen Scherz gemacht. »Nichts weiter, mein Liebster, ich habe nur Dylans Worte nicht hören wollen. Da ich seine Schwester und noch dazu die Königin

bin, darf ich ihm wohl den Mund verbieten!«
Lachend und sich im Kreis drehend tanzte Luana durch den Saal, bis sie direkt vor Marim stehen blieb. Er nahm sie in den Arm. Sie verharrten einige Augenblicke, bis sie sich wieder von ihm losriss und weiter durch den Saal tanzte.

Der König lachte ihr hinterher. »Lassen wir sie glücklich sein, mein Lieber, und setzen uns zu einem Gespräch.«

Marim führte Dylan zu einem großen Kartentisch, auf dem die Grenzen von Arida aufgezeigt waren. An der südlichen Grenze waren Truppenverbände aufgestellt in Form von kleinen silbernen Soldaten und der Feind war ganz ähnlich markiert, nur mit roter Farbe bemalt. »Sieh her. Hier sind die Truppen an Land gegangen und seit mehreren Tagen schreitet das Heer unaufhaltsam in Richtung Dunkelwald. Wir haben mehrfach versucht, Kontakt aufzunehmen, aber bisher ist kein Kundschafter zurückgekehrt. Daher habe ich Boten zu den Elfen und zu den Zwergen gesandt, um sie zu warnen. Dann erreichten uns Nachrichten aus der Festung der Flüche.«

»Was für Nachrichten meinst du, Marim? Vor zwei Tagen noch studierte ich mit Olidir uralte Schriften. Was ist seitdem passiert?«

Marim reichte Dylan ein Stück Papier. Oben prangte das Wappen der Festung der Flüche.

»Gestern Abend kam ein Bote aus der Festung der Flüche und brachte uns dies.«

Lautlos überflog Dylan die Worte, die dort geschrieben standen. Ihm stockte der Atem. Es hieß, der Ratsälteste war abgesetzt worden, da er wohl mit der Magie im Dunkelwald zu tun hatte. Olidir soll Emiliana danach als Geisel genommen haben und war derzeit flüchtig. ... Ein neuer Rat wird gebildet und man verbietet allen Herrschern, sich einzumischen, denn die Festung der Flüche würde ab heute seine Güter- und Handelsbestrebungen allein regeln. Des Weiteren wird es untersagt, dass Adelshäuser eine Stimme im Rat halten ... .

Dylan verschlug es die Sprache. Wie war das möglich? Olidir abgesetzt? Emiliana als Geisel? Fragend schaute er zu Marim. »Was geht da vor?«

Der König ging auf und ab vor dem Kartentisch. »Ja, mein Lieber, es scheint, als käme Arida noch immer nicht zur Ruhe.«

Dylan sprang auf. »Hier stimmt etwas ganz und gar nicht! Du kennst die beiden doch ebenfalls, Marim. Was sollte Olidir für einen Grund haben, Emiliana zur Geisel zu nehmen? Ich glaube eher, hier wurden Ränke geschmiedet, um in der Festung an die Macht zu kommen. Sicher steckt Dholin dahinter, der hat schon immer den Posten von Olidir haben wollen. Ich werde Olidir und meine Mutter suchen und ich denke, ich weiß auch, wo ich sie finden kann.«

Luana eilte zu ihrem Bruder. »Du willst uns schon wieder verlassen, Bruder?« Dylan schaute seine Schwester an. »Luana, ich muss ihnen zu Hilfe eilen, das verstehst du doch? Aber bis morgen werde ich bleiben und mich dann auf den Weg machen.«

So saßen die drei noch bis spät in die Nacht und Marim erzählte Dylan von all seinen Plänen, um gegen den drohenden Feind vorzugehen. Ein Klopfen unterbrach die beiden. Der Diener kündigte den Hauptmann an.

Kurz darauf trat ein kleiner untersetzter Mann mit leicht ergrautem Haar vor den König und verneigte sich tief. »Sven!« Dylan eilte auf den Hauptmann zu und umarmte ihn stürmisch. »Schön euch wohlauf zu sehen!«
Er reichte Sven einen Pokal mit kaltem Wein, dieser griff beherzt zu und kippte den Wein in einem Zug herunter.
»Wie ich sehe, schmeckt es dir noch immer.", lachte Dylan.
Verlegen blickte der Hauptmann zum König. »Eure Hoheit hatte doch nichts dagegen?«
Marim hob beschwichtigend die Hand und daraufhin hielt Sven den Pokal kurzerhand nochmal in die Höhe, um sich nachschenken zu lassen.
»Was führt dich zu uns, Dylan?«
Für einen Moment schwieg Dylan, beschloss dann jedoch, Sven zu vertrauen und in seine Pläne einzuweihen.
Der Hauptmann wurde im Laufe des Gesprächs zusehends aufgeregter und noch nervöser, als er erfuhr, was offenbar mit Emiliana geschehen war. Dann, nach einem Augenblick des Schweigens, erhob er sich.

»Hoheit, bitte lasst mich mit Dylan reisen. Ich bin es seiner Mutter und Arida schuldig!«

Marin wechselte einen Blick mit. »Dann soll es so sein! Nimm dir drei deiner tapfersten Männer und gebt Dylan Geleitschutz!«

Die Miene des Hauptmanns hellte sich auf. 47 »Endlich sehe ich mal wieder etwas von dieser Welt. Ich dachte schon, die dunklen Mauern Ellions werden mein Grab!«

Er salutierte vor König Marim und verließ den Thronsaal.

Dylan wandte sich wieder dem König zu. Der suchte bereits die besten Karten heraus, die er von Arida hatte und überreichte sie Dylan. »Viel mehr kann ich dir leider nicht mit auf den Weg geben.«

Bei den Karten befand sich noch ein Geleitbrief des Königs und ein kleiner Sack voller Goldmünzen. »... damit du und dein kleiner Trupp nicht in der Wildnis schlafen müsst. Wenn du Olidir und Emiliana findest, bringe sie zu uns. Ich werde sie natürlich unter meinen Schutz stellen und somit wird die Gerichtsbarkeit der Festung hier nicht greifen. Ich hoffe sehr, es wird sich alles aufklären. Und bitte seid wachsam. Es geht eine dunkle Macht im Dunkelwald um, wie du weißt.«

Bevor Dylan zu Bett gehen konnte, musste er seiner Schwester versprechen, sich in regelmäßigen Abständen zu melden, damit sie wisse, dass es ihm gut ging. Dylan schloss seine Luana noch einmal fest in die Arme und versprach ihr alles.

Die Nacht verging schnell und die Sonne stand noch tief am Horizont, als Dylan bereits auf seinem Pferd saß, gefolgt von Sven und drei weiteren Soldaten. Er winkte noch einmal hoch zur Treppe, auf der Luana und Marim standen. Dann setzte der kleine Trupp sich in Bewegung zum Portalpunkt.

Sven sprang von seinem Pferd und schaute Dylan fragend an. »Du, du verlangst doch nicht etwa, dass wir durch so ein magisches Dings reiten sollen?«

Dylan lächelte Ja, so kannte er ihn. »Mein lieber Hauptmann, du kannst natürlich mit deinen Männern die Reise über Land fortsetzen, dann aber sehen wir uns wohl erst in etwa neunzig Tagen am Schwarzfels.«

Sven ließ die Schultern noch weiter herunterhängen, sagte aber nichts weiter.

Auch die drei Soldaten blickten ängstlich drein. »Es ist also kein Gerücht, Ihr seid ein Magier?« »Ja, man kann es so sagen, obwohl ich wahrlich erst noch am Anfang stehe und«, Dylans Blick wurde ein wenig wehmütig, »meine Studien hoffentlich schon bald fortsetzten kann.«

Kaum hatte er die letzten Worte gesprochen, bildete sich vor ihren Augen ein blauschimmerndes, wie Wasser waberndes Portal. »Bitte, mein mutiger Hauptmann, gern lasse ich Euch den Vortritt.« Dylan machte eine einladende Geste und grinste.

Vorsichtig trat der Hauptmann an den Durchgang heran und zog sein Pferd, welches offensichtlich genauso viel Lust hatte, dort hindurch zu gehen, wie Sven selbst, hinter sich her. »Immer ich! Geht denn nichts mehr ohne Magie? Wie schön war es, als wir die Wege damals noch wie echte Menschen beschritten haben.«

Jetzt musste Dylan laut lachen, schob Sven vor sich her und trat dann selbst durch das Portal. Die drei Soldaten taten es ihm zögernd nach.
»Warte, hattest du Schwarzfels gesagt, Dylan?« Sven drehte sich einmal um die eigene Achse und wurde noch blasser, als er es schon beim Anblick des magischen Portals gewesen war. »Aber da habe ich doch so meine eigenen Erfahrungen gemacht und würde das Zwergenvolk allein deshalb gern meiden.« Seine Stimme wurde leiser, damit die Soldaten ihn nicht verstehen konnten.
»Sven, allein bei den Zwergen gibt es einen Durchgang zu einer der Wellenlinie und außerdem muss ich dringend noch mit einem Drachen sprechen. Du kannst natürlich gern hier warten. Doch erinnerst du dich vielleicht auch daran, dass die Wildbraten und das Bier bei den Zwergen einzigartig gut waren?«
Sven leckte sich die Lippen und schluckte. »Du findest irgendwie immer die richtigen Argumente, um mich zu überzeugen.«
Bis zum Reich der Zwerge war es nicht weit. Dylan war inzwischen so oft hier gewesen,

dass er den Weg im Dunkeln hätte finden können.

Die Zwerge hatten sicher längst bemerkt, dass wieder jemand durch ein Portal gereist war und bereits wenig später kamen ihnen auch schon zwei Zwerge entgegen, um sie in den Berg zum Zwergenkönig zu geleiten. Sven schaute sich immer wieder besorgt um, ob ihn hier nicht jemand erkennen würde, doch scheinbar hatte er Glück. Dylan würde beim Oberhaupt der Zwerge den Zugang zur Weltenlinie erbitten. Wegen der Weltenlinie wurde im Krieg gegen das Böse das Zwergenvolk fast vollständig ausgelöscht. Sie bewachten demnach zwar die Weltenlinie, die durch ihren Berg führte, wollten aber ansonsten nichts mehr weiter damit zu tun haben. Den Zwergen selbst war es untersagt, diese zu benutzen. Aber natürlich würden sie bei Dylan gegen den Tausch von begehrtem magischen Dunkelerz, den er aus dem Berg für sie förderte, eine Ausnahme machen.

Irritiert von dem Lärm, der sich in der großen Halle bildete, schaute Dylan neugierig nach dessen Ursache. Sven stritt laut mit einem der

Zwerge um den Gewinn eines Würfelspiels. »Ich sage, er hat betrogen! Das Spiel ist ungültig. Ich will meinen Einsatz zurück!«, brüllte der Hauptmann den Zwerg vor ihm gerade an. »Du hast verloren und gut! Niemand hier betrügt!«, schrie Krignar, einer der Zwerge. Seine Hand wollte gerade nach den Würfeln greifen, als Dylan zu den beiden Streithähnen an den Tisch trat. Er kannte die Tricks und untersuchte die beiden Würfel, die vor Sven auf dem Tisch lagen. Einer der beiden Würfel hatte einen Hohlraum, so dass er immer und ohne Ausnahme eine niedrige Augenzahl anzeigen würde. Ein Leuchten umfasste jetzt den manipulierten Würfel und ein kleiner Lichtblitz teilte ihn in der Mitte entzwei, so dass die kleine Kugel herausfiel.
»Sag ich doch! Er ist ein Betrüger!«
Sofort stützen sich alle, die mit am Tisch saßen, auf den Zwerg. Sie zerrten ihn vor den König. »Betrug wird nicht geduldet! Zur
Strafe wirst du unseren fünf Gästen solange dienen bis sie wieder abreisen. Arbeite deine Schuld ab, indem du ihnen jeden Wunsch erfüllst!«

Der Zwerg sackte in sich zusammen. Sich Fremden zu unterwerfen war hier im Berg eine der schlimmsten Strafen. Welch eine Schmach!

Krignar jammerte. »Bitte nicht, lasst Gnade walten, bitte!« Und Sven frohlockte. »Habe ich das richtig verstanden? Der Gauner hier soll uns alle Wünsche von den Augen ablesen?" Er tänzelte um Dylan herum. »Ja, Sven, das hat er wohl gesagt, aber von Ausnutzen war nicht die Rede, also vergiss bitte nicht, dass wir hier bei ihnen zu Gast sind.«

Sven ließ das Tanzen sein und schaute nun etwas enttäuscht drein. »Ist ja schon gut. Aber dienen muss er mir trotzdem! Das hat er davon!«

Dylan ließ Sven einfach stehen, als er sah, dass ihn ein alter Zwerg in der Ecke des Raumes zu sich winkte.

Normalerweise gab es keine Zwerge, die sich auf Magie verstanden, doch Dylan wusste, dass Nagron eine Ausnahme darstellte. Gelegentlich wurde auch ein Zwerg mit solchen Fähigkeiten geboren und Nagron war eine solcher, auch wenn seine Fähigkeiten weit unter denen Dylans lagen.

Er begrüßte den Zwerg höflich. Dieser tat es ihm gleich und bat ihn, Platz zu nehmen. Auf einen Wink hin brachte Krignar zwei Krüge Bier, verneigte sich kurz und verschwand wortlos.

»Nagron, ich muss dich um einen Gefallen bitten.«

Der Zwerg schaute über seinen Bierkrug, den er gerade zum Mund geführt hatte, hinweg und zog eine Braue hoch. »Einen Gefallen? Sprich Magier, Sohn Adams! Was können wir Zwerge für dich tun?«

Dylan beugte sich verschwörerisch zu ihm vor. »Olidir befindet sich sehr wahrscheinlich in Liehrel und ich muss ihn dringend sprechen. Daher bitte ich dich darum, dass ihr uns die Weltenlinie benutzen lasst. Es geht um nichts weniger als um das Schicksal der Welt von Arida.«

Unendlich langsam setzte Nagron seinen Krug wieder ab. »Was du da verlangst ist etwas, was ich alleine nicht genehmigen kann. Ich werde den Rat befragen und gebe dir dann bescheid.«

Erstaunt schaute Dylan den Zwerg an. »Wieso denn den Rat? Es geht doch nur um den Zugang zur Weltenlinie. Niemand von euch muss mich begleiten und es ist von oberster Dringlichkeit, dass ich mit Olidir spreche!«

»Ich glaube dir, Dylan. Aber wenn es denn so eilig ist, wie du sagst, und keinen Aufschub duldet, weshalb reist du dann nicht in die Festung der Flüche und benutzt die dortigen Weltenlinien. Dann müsstest du niemanden um Erlaubnis bitten. Du weißt, das diese Linie geheim ist und dieses Geheimnis soll auch vor der Festung der Flüche eines bleiben! Nur der Rat kann deine Bitte entscheiden, also setze mich nicht weiter unter Druck. Ich will noch heute Abend beim Rat vorsprechen.«

Dylan stand auf, dankte dem Zwerg höflich und wandte sich wieder an Sven, der schon mitten dabei war, Krignar zu drangsalieren.

Er befahl dem Zwerg gerade, die Anwesenden zu unterhalten, indem er auf einem Bein hüpfte. Die Soldaten lachten lauthals, als sie sahen, wie sehr sich der Zwerg abmühte.

Dylan gebot diesem Treiben sofort Einhalt. »Sven!« Dylan winkte den Hauptmann zu sich. »Was denkst du dir denn!? Dienen bedeutet soviel wie für's-leibliche-Wohlsorgen oder das Nachtlager bereiten. Es heißt nicht, dass ihr Krignar beleidigen oder gar erniedrigen dürft! Ich möchte, dass du dich bei ihm entschuldigst. Sofort!«

Des Hauptmanns Gesichtsfarbe wechselte in eine tiefrote, fast schon blaue Farbe. So steif als wäre er aus Eisen ging er auf den Zwerg zu. »Verzeiht. Es war nicht gerecht, was ich von Euch verlangte. Eure Schuld soll für heute gesühnt sein.« Er streckte ihm seine Hand entgegen. Für einen langen Moment starrte Krignar nur auf die Hand, als überlege er, ob er wirklich zugreifen solle oder nicht. Dann jedoch erhellte sich seine Mine und er schüttelte die ihm gereichte Hand kräftig. »Ich nehme Eure Entschuldigung an und wie es Tradition ist, werden wir beide allen beweisen, wie ernst es uns mit dem Vertragen ist und den Abend zusammen verbringen. So lasst es uns mit einem ersten Krug Bier besiegeln!«

Sven, erst erstaunt über den Sinneswandel, überlegte dann aber nicht lange. Er rief seine Soldaten zu sich und sofort zogen sie los,
Krignar voran in Richtung der riesigen Bierfässer, die hinten in einer großen Nische standen. Dylan schüttelte den Kopf, setzte sich etwas abseits und beobachtete das emsige Treiben hier im Berg. Schon bald war er tief in Gedanken versunken.
Jemand schlug ihm auf die Schulter, so dass er erschrak. Vor ihm standen Nagron und drei weitere Zwerge. Der Kleidung nach zu urteilen waren sie Ratsmitglieder oder wenigstens von hohem Stand. »Magier, wir haben beschlossen, deiner Bitte nachzukommen.«
Dylan atmete erleichtert auf. »Ich danke dir, Nagron. Ich danke Euch, meine Herren.« Er verneigte sich vor den Zwergen. »Nicht so eilig, Magier. Wir haben eine Bedingung. Wir möchten, dass Ihr Nagron mitnehmt. Ihr seid ein erfahrener Magier und
er könnte sehr viel von Euch lernen, was uns nützen kann. Keiner von uns hat seit

tausenden von Jahren die Weltenlinie benutzen können. Nagron soll der erste sein. Das haben wir beschlossen. Außerdem sollt Ihr eine Schur leisten, niemanden, wirklich niemandem davon zu berichten, dass wir Zwerge eine eigene Linie haben, um durch die Welt zu reisen!«

»Was das Versprechen angeht: Das müsst ihr mir nicht abringen. Es ist selbstverständlich, dass ich darüber schweige.« Dylan wechselte einen kurzen Blick mit Nagron. »Na dann sei willkommen in unserem Trupp, Nagron. Können wir noch heute aufbrechen? Olidir und meine Mutter stecken in Schwierigkeiten und ich weiß nicht, was noch alles passieren wird. Die Führung der Festung der Flüche hat gewaltsam gewechselt. Die Festung handelt nun offenbar nicht mehr im Interesse von Arida. Es ist wichtig keine Zeit zu verlieren.«

Die Zwerge ließen sich bereitwillig anstecken von so viel Tatendrang. »Dann ruf deine Leute, Dylan, und wir treffen uns dort hinten an dem Eingang zu den verbotenen Hallen.« Nagron deutete mit dem Finger auf eine der riesigen schwarzen Tore am anderen Ende der

Halle. Sofort versuchte Dylan, Sven und die Soldaten ausfindig zu machen. Das war nicht schwer, denn je näher er den großen Nischen kam, in denen gegessen und getrunken wurde, wies der Lärm ihm deutlich die Richtung. In inniger Zweisamkeit saß der Hauptmann eng umschlungen mit Krignar und grölte laut eines der Lieder, die Soldaten immer sangen, wenn sie zu viel von Wein oder Bier hatten. Die Soldaten stimmten im Refrain mit ein. »Wenn ich vom Schlachtfeld heimkehre, dann such' ich mir ein Mädchen. Im Wirtshaus, ja da lass' ich meinen Sold! Wenn ich von Schlachtfeld heimkehre … «
Das Bier tat seine Wirkung und so lallten die Männer weit mehr als dass sie sangen.
Grinsend unterbrach Dylan die lustige Runde. Es dauerte einen Augenblick, bis Sven begriff, was los war. »Was? Wie? Wir reisen ab? Jetzt schon? Sofort? Aber wir«, Sven zeigte auf Krignar und die halbvollen Krüge, »wir haben doch gerade erst damit begonnen, Freundschaft zu schließen. Lasst uns einfach morgen weiterreisen. Biiiteeeeee.« Er stand vor Dylan, die Hände erhoben wie zum Gebet und flehte

darum, dass sie noch länger bleiben könnten. Doch Dylan hob die Hand, was den Hauptmann augenblicklich verstummen ließ.

»Sven, es geht JETZT los! Keine Widerrede! Wir sind nicht hier, um zu feiern, wie du dich hoffentlich erinnerst. Wir werden uns JETZT auf den Weg machen.«

Svens Laune sank ins Bodenlose. »Nichtmal Spaß haben und ein kleines Bier trinken kann man. Immer ist irgendetwas!« Er brabbelte noch etwas weniger Nettes vor sich her, rief dann aber pflichtschuldig die Soldaten zu sich und machte sich daran, Dylan zu folgen. Krignar versuchte händeringend, die neue Situation zu verstehen, was ihm offensichtlich nicht gelang. »Was geht hier vor? Wieso geht ihr denn schon? Kommt, trinkt noch einen Krug mit mir!«

Scheinbar hörten ihn die Männer nicht mehr, also stand er auf und lief seinen neu gewonnenen Freunden hinterher. Erst an dem Tor zu den verbotenen Hallen holte er Sven und die Soldaten ein. Abrupt blieb er stehen. »Nagron, was macht denn der Rat hier? Was habt ihr vor?« Krignar wartete eine Antwort erst gar nicht ab, sondern wandte sich direkt an den Hauptmann. »Was ist los, mein Freund? Wir waren doch noch nicht fertig für heute?«

Sven zuckte nur mit der Schulter und deutete auf Dylan.

»Magier!« Krignar trat also vor Dylan. »Magier, was ist los? Wir waren noch nicht fertig mit unserer Feier.«

Dylan konnte das Lachen nicht zurückhalten. »Krignar, es freut mich ja sehr, dass ihr so gute Freundschaft geschlossen habt, dennoch haben wir eine größere Aufgabe als nur mit Euch zu trinken. Gerne könnt ihr alles fortsetzen, wenn wir zurück sind, aber jetzt ist es eben erstmal erforderlich, dass mein Hauptmann seinen Pflichten nachkommt.«

Krignar überlegte eine Weile. »Ich verstehe. Wenn das so ist ... Ich denke, ich werde euch begleiten, denn meine Aufgabe ist es heute ja, euch allen zu Diensten zu sein.«

Sven hob beschwichtigend die Hände. »Mein Freund, deine Pflicht hast du doch längst erledigt. Lass es gut sein! Wir kommen wieder und dann machen wir dort weiter, wo wir aufgehört haben. Ich verspreche es!«

»Nichts da!«, rief Krignar laut. »Nur der König selbst kann meine Strafe mildern oder absetzten. Also ist es immer noch meine Pflicht, euch alle zu begleiten, bis meine Schuld abgeleistet ist!«

Für Dylan war es genug Diskussion für einen Tag. »Nagron lass uns aufbrechen!«

Der Zwerg öffnete mit einem magischen Spruch die schwarze, scheinbar aus wertvollem Dunkelerz geschmiedete Tür. Ein eiskalter Luftzug schlug den Männern entgegen. Mit blauleuchtender Laterne schritten die Zwerge voran und jeder ihrer Schritte hallte laut von den glatten Wänden wider. Dylan war noch niemals hier unten gewesen. 62
Er wusste nur von Olidir, dass die Zwerge wohl eine aktive Weltenlinie bei ihren Bergarbeiten entdeckt hatten, und bisher konnte keiner der Zwerge eine Weltenlinie öffnen, da sie eben keinen richtigen Magier hatten. Das sollte nun bald der Vergangenheit angehören. Nach unzähligen Abbiegungen erreichten sie eine große Halle. Nagron sprach leise die

Worte des Lichtes und die Halle erstrahlte wie Laternen in einem weißblauen Schein. Vor den Augen des Trupps durchzog eine leuchtende Linie wie ein Fluss den schwarzen Stein. Man konnte annehmen, sie sei ein kleines Rinnsal, doch sobald man die Linie berührte, spürte man, dass sie trocken und kalt wie der Stein darunter war. Lediglich ein schwaches Pulsieren konnte man erfühlen, wenn man die Hand länger auf der Linie hielt. Dylan trat näher heran und kniete nieder. Er formte einige Figuren in der Luft und sprach fremde Worte, die niemand der Anwesenden verstand. Nagron schrieb eifrig jedes Wort mit, selbst die Figuren, die Dylan formte, hielt er auf dem groben Papier fest. Ein Beben ging durch den Berg, so sehr, dass selbst die Zwerge sich besorgt anschauten. Dann schoss aus dem Boden ein gleißendes Licht. Eine Wand aus Licht baute sich vor ihnen auf. Wieder sprach Dylan magische Worte. Sven glaubte kurz „Liehrel" zu verstehen. Der Berg erbebte aufs neue, diesmal noch heftiger als zuvor. Das Leuchten der Wand verwandelte sich in ein dunkles Blau. Geblendet vom Licht und die Hand vor Augen schritt Dylan bedächtig auf die Wand zu. Mit den Händen zerteilte er sie und dahinter eröffnete sich ihnen ein prächtiger Wiesenhain mit Obstbäumen.

»Kommt! Macht schnell! Die Wand lässt sich nicht sehr lange offenhalten!«

Sven war der Erste, der Schwelle nach Liehrel übertrat, dann folgte der Rest der staunenden Mannschaft. Kaum war letzte Soldat durch den Spalt geschritten, schloss sich die Wand mit einem Zischen und verschwand. Nichts machte den Anschein, hier wäre jemals eine Weltenlinie geöffnet worden.

Ungläubig schauten sich die Zwerge und Soldaten um. »Wo sind wir?«, fragte einer. »Dieser Ort nennt sich Liehrel und ist eine kleine geheime Welt. Sie ist der Rückzugsort von Olidir, dem Ratsältesten der Festung der Flüche.«

Dylan hatte den Satz kaum beendet, da kam ihnen ein alter Mann über die weite Wiese entgegen. Seine schwarze Robe wehte sanft im Wind. Dylan erkannte Olidir sofort und eilte freudig auf ihn zu. Beide Männer fielen sich in die Arme.

»Du bist doch ein gelehrigerer Schüler, als ich angenommen hatte, Dylan. Diesmal hast du mir aufmerksam zugehört. Ich bin stolz auf dich, mein Junge. Kommt mit in mein Haus.«
Dylan und Olidir warteten, bis die anderen aufgeschlossen hatten und zusammen liefen sie den Berg hinab. »Mein Junge!« Emiliana kam ihrem Sohn mit weit ausgestreckten Armen entgegen.
Sven staunte. Der Ratsälteste hatte seinen eigenen kleinen Palast hier in Liehrel. »In einer solchen Hütte könnte ich mir auch vorstellen, meinen Lebensabend zu verbringen.«
Als sie später alle an einem Tisch saßen, begann Olidir zu berichten, was vorgefallen war. »Aber Olidir, sag, was wollt Ihr nun tun? Wollt Ihr den Rat die Festung überlassen? Und was ist das für eine Geschichte über die im Dunkelwald verschwundenen Kundschafter? Ich hörte selbst in Ellion davon
und König Marim hat seine Truppen ausgesandt, um herauszufinden, was dort vor sich geht.«

Der Ratsälteste stützte sich schwer auf die Arme. »Niemand außer ein einzelner ist bis jetzt zurückgekehrt. Er schien von einem mächtigen und bösen Zauber ergriffen zu sein und verstarb kurz nachdem er in der Festung ankam. Außerdem sind wohl Truppen aus dem Südland in Arida einmarschiert und sie ziehen ebenfalls direkt in den Dunkelwald hinein. Sie brandschatzen, morden und gehen keiner Konfrontation aus dem Weg. Wir müssen unbedingt Marim, die Streitmacht von Thorit und die Elfen informieren, ansonsten steht Arida vielleicht bald schon vor dem Untergang. Der Rat in der Festung der Flüche aber will nicht auf uns hören. Sie sind verbohrt und beharren auf Ihrer Meinung, dass alles nicht so schlimm und die Studien, die der Rat führen will, weitaus wichtiger seien.«
Die letzten Worte sprach Olidir mit einer Traurigkeit, wie sie Dylan noch niemals bei dem Magier gehört hatte. »Aber Dylan, nun erzähle, wie ist es dir ergangen ist. Was waren und sind deine Ziele? Gab es da nicht eine Liebste?« Emiliana schaute bei der Frage interessiert von Olidir zu ihrem Sohn.

»Ja, ihr Name ist Syrianna und sie kommt aus dem Südland, genauer gesagt aus Isir. Sie ist eine Hüterin und verließ mich, als zwei ihrer Hüterschwestern von Gomar entführt wurden. Sie bewacht das Ei Salith. Ich habe ihr versprochen, dass ich ihr nachfolgen werde, sobald meine Aufgaben in Arida erledigt sind. Dann erfuhr ich allerdings von König Marim, dass Ihr geflohen seid. Also habe ich direkt Kontakt zu den Zwergen im Schwarzfels aufgenommen und die haben uns dann ihre Weltenlinie benutzen lassen. Wie du siehst mit Geleit. Wenn ich vorstellen darf: Olidir, das ist Nagron. Nagron ist einer der wenigen Zwergenmagier. Und das ist Krignar, er hat innigste Freundschaft mit Sven geschlossen und seine Dienste angeboten.«

Der Abend wurde lang und erst spät in der Nacht gingen alle erschöpft, aber mit einem Schimmer von Hoffnung zu Bett. Sie hatten einen ersten Plan ausgearbeitet, wie sie das Schicksal von Arida vielleicht doch wieder zum Guten beeinflussen konnten.

Areidon und die Elfen

Syrianna rutsche ungeduldig auf ihrem Stuhl hin und her. „Areidon, lass uns aufbrechen! Ich kenne die Gegenden, die du mir gezeigt hast. Dort, genau hier!" Sie tippte dabei auf einen Punkt, unweit von dem Areidon ihr vorhin genant hatte. „Hier leben die Elfen, ich war schon einmal dort.! Lasst und jetzt aufbrechen, bitte." Areidon spürte, dass es keinen Sinn mehr machte in Eldar zu bleiben. So beglich er die Zeche.

Syrianna schob ihn durch die Tür. Mit langen Schritten ging sie auf den Wald zu, der vor Eldar lag. Sie wusste, was zu tun war. Es dauerte nicht lange, dann blieb Syrianna stehen und ohne zu fragen sprach sie die Worte für ein Portal und formte es, wie sie es gelernt hatte. "Komm Areidon! Wir werden die Elfen besuchen!" Zögernd ging Areidon auf das Portal zu. „Nicht das wir wieder im Verbotenen Land enden oder gar irgendwo im Nirgendwo!" Syrianna schüttelte heftig ihren Kopf. „Ich weiß genau was ich tue. Ich kenne den Ort. Wie bereits gesagt ich war schon einmal dort. Vertrau mir Areidon!" Ohne weitere Worte schritt Syrianna durch das Portal und Areidon blieb nichts anderes über, als ihr zu folgen. Sofort umgab ihn die kühle frische Luft eines Waldes. Kaum ein Sonnenstrahl schaffte es durch das hohe dichte Blätterdach des Dunkelwaldes. Areidon hatte schon große alte **B**äume gesehen, aber diese hier die übertrafen alles. Man brauchte mehrere Männer, um einen dieser Bäume zu umarmen. Die Kronen ragten breit und sehr hoch in den Himmel. Überall in den Zweigen wimmelte es von Leben und von Augen, die sie beobachteten. Syrianna wusste nicht mehr genau, wo der Zugang zu dem Elfenreich war Aber das hielt sie nicht davon ab zu suchen. Jeder Baum, der irgendwie riesig aussah untersuchte sie genau. Es war wie verhext, es muss hier irgendwo gewesen! Sie trat auf einen hohlen Baum zu und schaute in das Dunkel des Stammes. Das Loch in dem Baum war so groß, das dort ungehindert zwei Kutschwagen nebeneinander hineinfahren konnten. Mutig schritt sie in das Dunkel des Baumes und im nächsten Moment stand sie wieder im hellen Sonnenlicht auf einem riesigen Platz umringt von Häusern, die aussahen, als wenn sie aus Holz gewachsen waren. Vor ihr stand eine Reihe von Kriegern. Ihre Bögen im Anschlag und auf Syrianna gerichtet. Areidon stellet sich schützend vor Ihr. „Wer seid Ihr?" Der größte der Elfen, schritt fragend auf Syrianna zu." Ich bin Syrianna, Hüterin des Ei Salith aus dem Südland und ich bitte um die Hilfe der Elfen. Ich suche nach einem Wesen, das sich Greng nennt und hier im Dunkelwald leben soll. Es hat meine Schwestern entführt. Der Greng war einst Pergen, der mit seinem Verbündeten und Zoria an der Spitze, Arida in das Verderben stürzen wollte. Der Dwilish hier an meiner Seite hat ihn zur Strafe, das er uns töten wollte in das Wesen des Greng verwandelt. Allerdings konnte er sich von dem Fluch teilweise befreien und ist nun mit den beiden Schwestern wie gesagt hier in den Dunkelwald geflohen." Ungläubig trat der Elf noch dichter an Syrianna heran. „Ich kenne dich du warst unterwegs mit Dylan!" Die Mine von Syrianna erhelle sich etwas. „Kenlad?" Der Elf nickte.

Er gab den Befehl, die Waffen zu senken. Erleichtert schaute Areidon den Elf an. Er war groß für einen Elf. Einen Menschen überragte er gut zwei Köpfe. Wenn auch er nicht alt sein konnte, bei Elfen war das hier so eine Sache. Niemand wusste genau, wie alt die Elfen werden konnten. Sie hüteten ihre Geheimnisse sehr. „Syrianna berichtet mir was genau eure Geschichte ist und wie geht es Dylan?" Syrianna nahm an einem der Tische platz, die überall vor den Häusern standen.

„Von Dylan habe ich keine Nachricht, ich weiß nicht genau wo er ist. Ich hoffe es geht ihm gut. Eine Geschichte ist lang. Aber ich werde dir berichten." So erzählten abwechselnd Syrianna und Areidon von ihrem beschwerlichen Weg bis hin nach Arida und zu den Elfen. Der Morgen graute, als die beiden it ihrer Geschichte schlossen. Keiner der Anwesenden unterbrach sie oder warf Fragen ein. „Lasst uns schlafen gehe, Morgen werden wir den Rest weiter bereden wie wir euch beide helfen können."

Neue Magie

Seid Tausenden von Jahren war es üblich, das eine Zwergin sich zurückzog und ihr Kind in Ruhe und Abgeschiedenheit alleine zu Welt brachte, so war es auch mit Isada.
Isada war noch recht Jung, aber mit ihren Mann Nortgrem war sie nun schon zwei Jahre verheiratet. Lange wollte sich die Schwangerschaft nicht einstellen, doch nun war es so weit, die Zeit bis zur Niederkunft war herangekommen. Immer und immer schneller kamen die Wehen. Isada krümmte sich vor Schmerzen und fluchte, das die Männer doch viel zu weich wären, um das aus zu halten. Aber sie beschwerte sich nicht. Sie wusste, sie würde das hier durchstehen. Im Herzen wusste sie genau, das ein Mädchen unter ihr Herz wuchs. Nortgrem wollte immer einen männlichen Nachfolger, es tat ihr weh, ihn enttäuschen zu müssen. Aber sie wusste das er sich genau so freuen wird über ein Mädchen, wie sie es tat.

Hier musste der richtige Platz sein, entschied Isada für sich. Abgesehen das sie nicht weiter laufen konnte, die Wehen bereiteten ihr immer mehr Schmerzen. So tat sie, was hunderte von Frauen vor ihr getan hatten. Erst als der Mond im Zenit stand und das Geschen mit seinem kalten Licht beleuchtete, lag in den armen von Isada ein kleines gesundes Mädchen.

Isada wusste das, dieses Kind etwas besonders sein musste. In dem Moment, als das kleine Mädchen das Licht der Welt erblickte, verstummte die Natur.

Nicht ein Geräusch war zu vernehmen. Nicht einmal die Grillen zirpten. Ein Hirsch, der wie von Neugier getrieben, so schien es, stand plötzlich vor ihr. Würdevoll schaute er mit seinen dunklen Augen nach dem Kind, verneigte den Kopf dann verschwand er, wie er aufgetaucht war. Isada lies es geschehen. Sie hatte eh nicht mehr die Kraft. Die Geburt hatte viel von ihr verlangt. Andächtig schaute sie in die kleinen stahlblauen Augen des Mädchens.

Sieriel sollte sie heißen. Der Name stand fest für Isada. Auch wenn es allgemein üblich war, das der Vater auch noch mit entschied, welchen Namen das Kind tragen sollte. Dazu hatte Isada nicht mehr die Zeit, das wusste sie.

Sie sprach den Namen noch einmal laut zu dem Mädchen, das darauf mit einem lächeln reagierte.

Augenblicke später schloss Isada für immer die Augen.

Erst am nächsten Mittag, fand man das wimmernde Bündel in den armen der Toten Mutter.

Nortgrem hatte sich mit mehren Männern und eine der Ältesten auf die Suche gemacht. Es war nicht üblich, so lange wegzubleiben. Nortgrem war die Nacht auf den Beinen und machte den ganzen Berg verdrückt. Sein Clan lud ihn, wie es Tradition war zu einem Umtrunk ein, bis zu wieder Heimkehr seiner Frau mit dem Kind zu feiern. Aber Nortgrem war nicht nach Feierlaune. Er hatte schon sehr oft mitbekommen, wie so etwas ablief. Nicht das er ein Becher Bier ausschlagen würde, keineswegs. Hier allerdings ging etwas anderes vor. Es dauerte ihn einfach zu lange, seien Frau hätte mit dem Neugeborenen längst wieder im Berg sein sollen. Etwas konnte da nicht stimmen, dessen war er sich sicher.

Isada war zwar dickköpfig, aber er wusste, dass sie ihn hätte niemals warten lassen und das Kind zuerst anderen gezeigt. Der Morgen kündigte sich an und durch das große Tor sah man, wie die Sonne den Horizont erklimmen wollte.

„Es reicht ich gehe sie jetzt suchen. Bleibt wenn Ihr wollt. Feiert, aber ich muss sie suchen!"

Abrupt verstummte die Musik und alles schaute Nortgrem an.

Grotrac, sein engster Freund, setzte sein Bierkrug ab und trat auf Nortgrem zu. „Mein freund ich begleite dich, wenn du mir versprichst das wir dann dein Kind zünftig begrüßen!"

Nortgrem reichte ihm seinen kräftigen Arm. Somit war alles gesagt. Sofort schlossen sich noch einige Weitere an und jemand holte die

„Alte" wie man sie nannte. Sie wusste, was zu tun war, wenn Hilfe von Nöten wäre die eben Frauen nur können.

Und hier begannen schon die Probleme der Männer. Wo könnte Isada nur hingegangen sein. Niemand wusste, in welche Richtung man zuerst suchen sollte. Die „Alte" setzte sich wortlos an die Spitze der kleinen Truppe und führte sie aus den Berg auf kleinen engen Pfaden, die sich den Berg hinab schlängelten, die keiner der Männer jemals zu Gesicht bekommen hatte. Erst als die Sonne ihre Schatten schon recht kurz hielt, da hielt die „Alte" und zeigte auf eine Art Grotte. Schon vom weitem konnte man das Wimmern des hungrigen Kindes vernehmen. Vorsichtig trat die alte Frau in die Grotte und musste sich einen Moment gedulden, bis ihre Augen sich an das Dunkel hier gewöhnt hatten. Isada lag da, ihr Gesicht zeigte ein kleines Lächeln und strahlte Frieden aus. In einfachen Leinen gehüllt, ein kleines Etwas, neben der toten Mutter und schrie nach Essen und Sauberkeit. Addera, so war der Name der Alten. Nahm das kleine Bündel auf. Es war eiskalt. Sie fühlte den kleinen Kopf nach Fieber, dabei durchfuhr sie etwas wie eine Vision, die sich Addera nicht erklären konnte. Sie sah ein Mädchen das sich von Berg entfernte. Dann wieder tauchten Bilder von einem Kampf auf. Sie sah ein riesiges Heer, das sich bis zum Horizont erstreckte und Berge von Leichen und Tod und Zerstörung. Dazwischen leuchtete förmlich eine kleine Zwergin, die sich alles dem stellte. Ein Leuchten ging aus von dem Kind. Addera kannte das nur von den Magiern, die ihr Zauber woben. Die Bilder lösten sich auf und Addera fand wieder zu sich. Kaum das sie sich umschaute, sprach eine Stimme zu Ihr. „Addera! Ihr Name ist Sieriel. Sie trägt Magie ins sich! Beschütze sie zeige ihr den Weg in das Leben. Ich kann das leider nicht mehr. Ihr steht großes bevor. Addera! Sie ist besonders!!! Behalte dies vorerst für dich ! Schütze Sie!"

Addera schwankte leicht, als die Stimme in ihrem Kopf verstummte.

Sie hatte nicht bemerkt, dass alle anderen sie stumm anschauten, und keiner der Männer hatte den Mund geschlossen. Sie starrten

Addera einfach nur an. Nortgrem trat an die Alte heran und verlangte das Kind. Dann fiel sein Blick auf Isada, jegliche Farbe wich von seinem Gesicht. „Sie ist doch nicht etwa..?"
Nortgrem sank auf die Knie zu seiner Frau, nur ein leises Schluchzen war zu vernehmen.
Addera kniete neben den Zwerg und schloss ihn in ihre Arme. „Sie bat mich für deine Tochter Sieriel zu sorgen."
Nortgrem stieß die Alte weg. "Dann nimm sie! Sie hat Schuld, das Isada tot ist! Geht! Geht!"
Nortgrem nahm Isada in den Arm. Leise weinend sank er nach vorn und rührte sich nicht weiter. Niemand hatte den Mut, den Zwerg von seiner verstorbenen Frau zu lösen. Addera lies den Zwerg seine Trauer und trug das Kind zurück in den Berg. Ihr Augenmerk musste jetzt dem Kind gelten und nicht den trauernden.

Eine Amme musste her, schnell. Wenige Augenblicke traf eine Zwergin ein und Addera teilte ihr anliegen mit. Wenn erst auch mit etwas scheu und Zurückhaltung kam die junge Zwergin der bitte nach. Sie stillte das Kind, wie es die Alte verlangte, und so sorgten dann nach und nach alle jungen Mütter für Sieriel, Wochen vergingen und das Mädchen wuchs zusehends zu einem kleinen Mädchen heran, wie es nicht üblich war, denn nach nur drei Monden konnte die Kleine laufen und sprach die ersten Worte.

Nortgrem war es egal, was seine Tochter tat oder wozu sie jetzt schon in der Lage war. Sieriel war etwas Besonderes, das wusste hier im Berg ein jeder, aber niemand sprach es aus. So verging die Zeit wie im Fluge.

Gefühlt an dem, was Sieriel bereits alles konnte und wie sie gewachsen war, konnte man annehmen, das sie bereits schon an die zehn Jahre alt sein mochte. Aber das war sie nicht. Es waren jetzt sechs Monde und niemand wollte glauben, was sich da tat. Die meisten mieden das Mädchen. Sie war den anderen unheimlich. Die Tochter einer Toten „Wer weiß, was mit ihr geschehen war, als ihre Mutter starb. Zu viel Aberglauben herrschte unter den Zwergen. Stimmen wurde laut, „ es wäre besser gewesen sie bei der Mutter sterben gelassen zu haben" aber all dies beirrte Sieriel nicht weiter. Sie war meistens für sich und hatte allzu viel zu tun. So viel wollte sie wissen und lernen. Wie keine andere saugte sie alles Wissen der Zwerge auf. Kein Tag verging, in dem sie nicht ein Buch in der Hand hatte. Bis sie eines Tages aus dem Berg ging und bis hoch auf dem Gipfel kletterte und dann zu ersten mal sehen konnte, wie groß doch ihre Welt ist, in der sie lebt. Es stockte ihr der Atem. Sie kannte die Welt der Zwerge bis dahin nur aus denn Büchern, die sie ergattern konnte. Und Bücher waren hier etwa Seltenes und sehr teuer. Addera verzweifelte, manchmal wenn „das Kind" wie sie manchmal einfach nur nannte, noch tief in der Nacht bei dem Licht der Kristalllampe eines der vielen Bücher las, die selbst sie nicht verstand. Mit anderen Kindern wollte Sieriel einfach nichts zu tun haben. Meistens endete der Kontakt mit scheinbar gleichaltrigen in einen kräftigen Streit.

Danach zog Sieriel sich meistes noch mehr zurück und manchmal da konnte auch Addera das Mädchen nicht mehr finden, denn sie kannte sich im Berg aus wie kaum jemand anderes. So kam es auch, das sie einen Weg fand, auf dem sie unbemerkt nach draußen konnte und heute hier oben auf den Gipfel des Berges saß. Der kalte Wind biss sich tief in die Haut. Aber Sieriel merkte von all dem nichts. Sie war einfach nur fasziniert, wie groß die Welt wirklich war. Sie wollte alles, alles sofort erleben, alles testen und wie immer alles auf einmal wissen. Gleich morgen, nein besser jetzt würde, sie zu der Alten gehen und, ihre Erlaubnis einzuholen, um die Welt zu studieren. Sieriel zitterte nicht vor Kälte, sondern vor Aufregung derer Dinge die sie alles erleben könne und ´derer was sie alles lernen kann. Schnell machte sie sich stellenweise etwas unbeholfen an den Abstieg. Erst jetzt merkte sie, wie sehr die Kälte ihr in die Knochen gestiegen war. Ihre Hände waren kaum in der Lage sich zu öffnen geschweige sich an den eiskalten harten glasähnlichen Steinen festzuhalten. Die Beine waren ähnlich steif und versagten ihr den Dienst. Panik ergriff sie, als sie merkte, wie sie vorn über kippte und sie sich den Abgrund näherte, der sich vor ihr auf trat. Wie ein stummer Schrei öffnete sich ihr Mund, aber kein Laut trat heraus. Es schien, als stünde die Zeit still. Nur der eisige Wind heulte vor sich her und trieb eisige Schneeflocken um den Körper des Mädchens, das langsam durch die Luft nach unten glitt. Sieriel bekam nichts von all dem mit. Sie war wie in Trance versunken. Sie sah, wie Felsen an ihr vorbeiglitten, dennoch war es als wenn sie noch oben auf den Gipfel stand. Kein Funke von Angst oder Panik war in ihr. Sie wünschte sich einfach nur zurück in den Berg und vermisste die strenge Stimme der Alten. Langsam schloss sie die Augen, dann, wurde alles stiller, als es vorher schon war. Sie spürte etwas, das sie nicht einordnen konnte. Es war warm! Langsam öffnete sie die Augen.

Sieriel nahm an, dass sie nun Tod sei und sie sei dort angekommen, wo die Ahnen weilten, um sie in empfang zu nehmen. Ihr Herz schlug ihr bis zum Hals. Scheinbar war es so laut, dass ein Echo widerhallte. Selbst mit voll geöffneten Augen war es stockfinster um sie herum. Langsam tastet sie blind um sich. Etwas Weiches lag vor ihr auf den Boden, es fühlte sich an wie weicher Sand. Oder staub. Geistesgegenwärtig suchte sie ihre kleine Tasche, die sie immer bei sich hatte, irgendwo zwischen all den Zettel und Büchern hatte sie eine dieser Zwergenlampen. Ein Kristall, den die Zwerge tief aus dem Berg holten. Er leuchtete sobald Luft an ihn herankam und das manchmal über eine Zeit die das Leben eines Zwerges einnahm. Es dauerte eine Weile, bis sie die Lampe in den Händen hielt. Gleißendes Licht breitete sich in den Raum aus, in dem sie sich befand.

Das Reich der Ahnen war das hier bestimmt nicht mehr.

Vor ihr eröffnete sich eine riesige Halle. Alle Wände und er Fußboden waren glatt behauen wie ein Spiegel. Man konnte unter einer dicken Staubschicht Tische Stühle und Schränke erkennen. Hinten, tiefer in der Höhle erkannte sie so etwas wie riesige Regale. Langsam und vorsichtig erhob sie sich. „Was war das nur hier?" Fragte sich Sieriel, die sich nun sicher war, das sie nicht Tod war. Sie musste mit Sicherheit wieder im Berg sein. Aber diesen Ort hier kannte sie nicht. Sie ging auf das riesige Regal zu und berührte langsam eines der scheinbar uralten Bücher. Eine Wolke aus Staub wirbelte auf, als sie das Buch heraus nahm. Die Seiten des Buches waren stark vergilbt und brüchig. Lesen konnte sie die Schrift, die hier geschrieben war nur sehr schwer. Es gab wenige Bücher im Berg, die so geschrieben waren. Aber dennoch vermutete sie, dass es sich hier um eine Art Chronik handeln musste. Sie verstand nicht, was die Worte bedeuteten und welche Orte hier gemalt waren. Sie nahm ein Buch von etwas weiter hinten. Auch diese hier ein sehr schweres mit Ecken aus schwerem Eisen war in dieser Sprache geschrieben, nur gab es hier keine Bilder und es handelte von der Lehre der Magie. Dieses Wort hatte sie noch nie einen Zwerg im Berg sagen gehört. Sie hatte in einem anderen Buch gelesen, das es außerhalb des Berges Wesen geben soll die Magie weben können. Langsam arbeitete sie sich durch die Verblassenten Zeichen und teilweise zerfallenen Seiten. Dieses Buch war scheinbar eine Anleitung, wie man Magie

weben konnte. Immer und immer wieder las sie einige Seiten mehrfach, bis sie deren Inhalt verstand. Darauf hin versuchte sie, einige der Handgriffe zu wiederholen. Nichts dergleichen Tat sich. Im Buch hatte sie es verstanden, das sich Gegenstände bewegen sollten wenn sie den oder den Spruch aufsagte und dazu die Hände in verschieden Gesten formte. Sie kam sich etwas lächerlich vor, als sie selbst sah, was sie da tat. Aber etwas in ihr drängte dazu, es nochmals zu versuchen und als ob sich etwas löste in ihr, war es, als könne sie deutliche und schärfer sehen. Mit einem Krachen bewegte sich eines der Regale vor ihr einfach um mehrere Körperlängen nach vorn und fiel dann mit einem Krachen um. Es dauerte eine Weile, bis Sieriel wieder sehen könnte und der Staub sich gelegt hatte. Ein Berg geborstenes morsches Holz und ein riesiger Berg von Büchern lag vor ihr.
Sie hatte es geschafft! Bisher hatte kein Zwerg Magier weben können. Das musst sie unbedingt Addera sagen. Nur, wie fand sie heraus aus diesem Raum? Sie sah keine Tür. Sie musst aber auch irgendwie hier

hereingekommen sein. So lief sie den riesigen Raum ab bis in die kleinste Ecke. Sie fand nur glatte Wände die bis auf einige Hacken und verfallene Bilder nichts her gaben. Es war wie verhext, niemand hat es bis dahin geschafft durch den harten Stein zu gehen. Sieriel setzte sich auf einen Stapel der herab gefallenen Bücher und ihr Blick fiel auf das Buch, aus dem sie die magischen Sprüche gelernt hatte. Es musste doch hier etwas geben das diesem Raum Beschrieb oder wie man durch den Stein gehen konnte. Etwas anderes konnte sich das Mädchen nicht erklären. Und vermutlich würde man sie bereits suchen. Dachte sich Sieriel, allerdings wer von den Zwergen würde das schon tun. Ja Addera und ihre Amme ansonsten interessierte sich niemand für sie. Die anderen Kinder waren dumm und bewarfen sie nur mit Steinen. Sie entzündete eine der vielen Kerzen, die hier in einer Vielzahl herumstanden und suchte sich einen Stuhl, der noch stabil erschien. Dann lass sie ein Buch nach dem anderen und sie lernte in Windeseile, was die Bücher auch hergaben.

Sie lernte Sprachen und lernte Länder kennen, die es bestimmt nicht mehr gab aber sie sog alles auf wie ein Schwamm das Wasser. Bis sie ein Buch entnahm, das eine Schrift enthielt, die sie etwas verwirrte. Es war unscheinbar, klein abgegriffen und schien minderwertig. Auf dem Decke der eigentlich nur aus einfachen Leder bestand, prangte so etwas wie ein Siegel oder dergleichen. Die Zeichen, die vermutlich Buchstaben waren, die sie nicht kannte, waren in ungewohnter Ordnung dargestellt.

Doch plötzlich war es, als begannen die Zeichen zu leben, ordneten sie sich von selbst und Zeile für Zeile erschienen in einem anderen Wortlaut. So konnte sie das Ganze dann doch sehr einfach lesen. Ihr stockte der Atem. „Sei gegrüßt eifrige Leserin Sieriel. Du wurdest erwartet. ....."

Sie warf das Buch von sich und blickte fassungslos vor sich hin. „Wie konnte es ein das, hier im Verborgenen ein Buch existiert das ihren Namen kennt und sie auch noch begrüßt?"

Ihre Gedanken wirbelten umher und ließen sie keine Ruhe finden.

Langsam Stück für Stück ging sie auf das kleine Buch zu und nahm es erneut in ihre Hände. Zögernd schlug sie es auf und wieder dauerte es, bis sich die Zeilen wieder so formten das, sie die Wörter lesen konnte.

„Lerne aus diesem Buch, wie es keine andere vor dir unter den Zwergvolk getan hat. Seid tausenden von Jahren gab es keinen Zwerg der Magie verstehen, geschweige denn anwenden konnte. Erst wenn du gelernt hast diese Macht zu verstehen wirst du aus der Halle des Wissens wieder herausfinden."

Mutig blätterte sie weiter. Es gab vieles, was sie einfach nicht verstand, was hier geschrieben war. Es macht einfach keinen Sinn für sie. Aber dennoch versuchte sie die Anweisungen immer und immer wieder.

Viele Stunden oder Tage mussten schon vergangen sein, Sieriel wusste, das nicht so genau denn hier gab es kein Tageslicht oder einen Zwerg, der die Zeit ansagte, wie es im Berg üblich war. Sie hatte gelernt sich Essen und Trinken per Magie herzustellen aber sie wusste noch immer nicht wie sie dieser Halle des Wissens, entfliehen konnte. Die letzten Seiten des Buches waren kaum zu lesen und zudem auch stark beschädigt. Den letzten Satz konnte sie nur erraten. Also machte sie sich daran die Möglichkeiten auszuführen, die den fehlenden Zauberspruch ergänzen könnten. Sie ahmte die Bewegungen nach die hier beschrieben waren, und schnell tat sich etwas vor ihr. Es war, wie blaues leuchtendes Wasser waberte vor Ihren Augen und erlosch nach wenigen Augenblicken. Immer und immer wieder versuchte sie diesen Zauber und sie merkte sehr schnell das so, wie sie es übte, nicht richtig sein konnte. Nochmals untersuchte sie das Buch und dann kam ihr der rettende Gedanke. „Wenn sie denn schon Essen und Trinken herstellen konnte, wieso denn nicht auch die Seiten erneuen und festigen so das sie lesbar werden. Schnell machte sie sich an das Werk, wenn auch die Angst in ihr aufkam, das sie dann doch das ganze Buch auch zerstören könnte. Sie musste es aus dieser Halle schaffen, sonst wären das die letzten vier Wände, die sie zeitlebens noch sehen würde.

Innerlich unruhig und voller Angst machte, sie sich daran den Zauber zu sprechen und die Zeichen zu gestalten, und das Buch schien unter ihren Händen zu zerfließen. Es wurde größer und größer, wie ein zäher Schleim zerflossen Seite für Seite. Panik kam in ihr auf und sie wollte schon aufgeben, um wenigstens dann die verbliebene Seite des Buches zu retten. Aber sie konnte einfach nicht aufhören, auch wenn sie wollte, etwas trieb sie dazu genau dies hier zu tun. Die zähe Masse nahm nun schon den ganzen Tisch ein und sie spürte, wie die Magie an ihr zerrte. Ihre Kraft schwand und Schweißperlen bildeten sich auf ihrer Stirn und am ganzen Körper. Die Augen brannte wie Feuer, wenn der Schweiß in die Augen rann. Immer und immer wieder sagte sie den Spruch auf und formte Figuren in die Luft, bis ein gleißend helles Licht sich über den Tisch bildete und mit einem Knall alles kurz in Dunkelheit versetzte. Sieriel sank langsam nach vorn.

Es mussten Stunden vergangen sein, als sie wieder wach wurde. Der Kristall vor ihr erhellte die Halle vor ihr etwas. Ein großer schwarzer Fleck lies die Stelle vermuten, an der das Buch gelegen haben musste, Sie erschrak! „Ich habe es vernichtet, ich Dummkopf!" Schalt sie sich. „Hätte ich doch, es nur so belassen denn hätte ich es vielleicht doch noch anders herausgefunden, wie ich hier heraus komme.!"

Achtlos warf sie ein Buch von sich, da es ihr im Wege lag. Doch halt! Das Buch kannte sie! Nur das es irgendwie anders war als vorher. Es schien viel Dicker und irgendwie neu. Als wenn, man gerade den Buchblock aus der Presse geholt hatte, nachdem das frisch gegerbte Leder mit diesem goldenen Siegel geprägt wurde- Ihre Finger glitten über das Siegel, nach dem sie das Buch aufgehoben hatte. Sie war sich sicher, das war das Buch. Sie hatte es geschafft!

Schnell schlug sie die letzten Seiten auf und ja! Es waren etliche Seiten dazu gekommen, irgendjemand musste diese herausgerissen haben. Warum auch immer. Schnell lass sie die Zeilen und übte Schritt für Schritt. Dann legte sie nach Stunden das Buch beiseite und stellte sich einen Ort vor, den sie kannte. Dann, wie im Buch beschrieben, formte sie einen Ring in der Luft, murmelte eigenartige Worte in einer unbekannten Sprache und dann, wie vormals als wenn blaues Wasser in der Luft schwebte, füllte sich dieser Ring damit. Mit einer weiteren Geste verankerte sie den Ring und zog ihn größer und größer. Als ihr Werk vollendet war, nahm sie das kleine Buch an sich und schritt mutig durch das von ihr geformte Tor.

Kälte umfing sie. Sie war wieder auf dem Berg. Die Sonne stand fast senkrecht am Himmel. Sie wusste nicht, welcher Tag es war, sie wusste nur, dass sie wieder in den Berg wollte, Addera sehen und ihr berichten, was ihr zugestoßen war. Langsam und mit sichern Schritten, machte sie sich an den Abstieg und betrat den Eingang des Berges.

Einige Zwerge schauten sie merkwürdig an. Andere beachteten sie nicht, als sie sich auf den Weg zu den Unterkünften von Addera machte. Alles schien irgendwie verändert irgendwie neu aber dennoch bekannt. Sie klopfte zaghaft an die schwere Tür von Addera. Eine kurze Zeit später vernahm sie ein hell klingendes "Herein!" Sieriel trat vorsichtig durch die Tür. Sie erwartete Schelte das sie so lange fort war. Allerdings war es anders, als sie dachte. Vor ihr stand eine junge Frau. Die ihr bekannt vor kam, aber sie wusste nicht woher. Dennoch war ihr die Person irgendwie vertraut.

„Mädchen! Was suchst du hier? Wer hat dich geschickt?" Etwas eingeschüchtert schaute Sieriel die Frau an. „Ich, ich suche Addera. Wisst ihr, wo ich sie finde?"

Mit noch strengeren Blick schaute die Frau das Mädchen an. „Kind, du stehst vor ihr. Aber sag woher kommst du? Jeder im Berg kennt mich. Wieso du nicht?" Addera bot dem Mädchen ein Platz an und etwas zu trinken. Sie konnte spüren das aus dem Mädchen Verwirrung und Angst sprach. Mein Name ist Sieriel, Tochter von Isada." Addera fiel die Kanne aus der Hand, als sie gerade einen Tee einschenken wollte. „Kind! Isada ist

wenig älter als du also wie soll sie deine Mutter sein.?"
Fassungslos starrte Sieriel die Frau an. Ruckartig stand sie auf und lief aus dem kleinen Raum. All ihre Gedanken wirbelten in ihrem Kopf herum. Wie konnte das sein, was war das für ein Zauber?" Erst als sie keine Seele mehr sah und sich sicher war, das sie alleine war, wob sie erneut diesen Zauber mit dem Tor. Diesmal allerdings konzentrierte sie sich auf den Moment, als sie zum letzten Mal Addera gesehen hatte. Vorsichtig stieg sie durch das Portal, das sie geschaffen hatte. Sofort erkannte sie den Raum wieder. Noch vor wenigen Augenblicken hatte sie hier die jüngere Addera getroffen. Aber jetzt schien alles etwas anders. Addera stand in der Ecke des Raumes und starrte sie mit weit aufgerissenen Augen an. „Kind! Was tust du denn da?" Sieriel trat nun ganz durch das Portal und mit einem Zischen erlosch das Gebilde hinter ihr.
Addera lief auf sie zu und berührte sie an den Schultern. Es schien, als wolle sie prüfen, ob

das auch ihr Pflegekind ist und nicht ein merkwürdiger Zauber.

„Ich war tief im Berg und habe einen Raum voller Bücher gefunden. In einem von diesen Büchern. „Dieses hier" sie zeigte das kleine schwarze Buch. Darin sind allerlei Sachen, die mit Magie zu tun haben und die wie du siehst auch funktionieren.

„Du sagtest, du warst im Berg? Wir haben dich in jedem Winkel des Berges gesucht! In jedem Winkel Kind. Aber von dir war keine Spur zu finden."

Sieriel nahm wie von Addera aufgefordert Platz und sie beide tranken Tee und aßen etwas. Mit vollem Mund noch sprach Sieriel, „ Ich war in der Halle des Wissens. So stand es in diesem Buch."

Addera stockte der Atem. „Aber Kind, die Halle des Wissens ist eine uralte Legende. Meine Urgroßeltern hatten uns Geschichten darüber erzählt, wenn wir nicht lernen wollten. Dann drohten sie Imme damit das wir in die Halle des Wissens gesperrt werden und erst wieder heraus kommen dürfen wenn wir alles gelernt haben was wir für das Leben brauchen. Wir haben es für ein Märchen gehalten, denn niemand hat bisher die Halle des Wissens betreten."

„Außer ich." Warf Sieriel dazu ein. Ich habe sie gefunden." Addera schaute sie scharf an. „Kannst du mir zeigen, wie ich dort hinkomme?" Sieriel nickte langsam mit dem Kopf. Ja das kann ich." Addera stand auf und signalisierte Sieriel das sie die Halle jetzt sehen wolle. „Sieriel tat, wie ihr aufgetragen wurde und formte wiederum ein Portal. Addera staunte, was das Kind dort tat. „Kind, seit Generationen hat es keine Magie mehr unter den Zwergen gegeben. Es wird besser sein wenn wir dieses Wissen vorerst für uns behalten."

Das Tor war fast fertig, es kostetet Sieriel trotz aller Übung immer noch sehr viel Kraft und Konzentration. Einen Augenblick später traten die beiden in die Halle des Wissens. Sieriel staunte nicht schlecht. Alles war wieder so, als sie die Halle zum ersten Mal betreten hatte. Das Regal, das sie bei ihren Übungen umgeworfen hatte, war wieder völlig ganz und schien, so als wenn niemals etwas passiert wäre. Überall lag wieder der zentimeterdicke Staub auf allem, was sich in diesem Raum befand. Addera sprach nicht ein Wort, stumm ging sie durch den Raum. Ab und an nahm sie eines der Bücher aus dem Regal und stellte es ehrfürchtig wieder zurück, nach die sie etwas darin geblättert hatte. „Das ist ein Wunder! Kind das ist ein Wunder. Wir werden diesen Raum nutzen, dafür das du dein Wissen erweiterst und deine Künste in der Magie festigt. Außerdem kennen nur wir beiden die Existenz dieses Raumes und somit ist das Geheimnis um dich gut bewahrt."

Kaum das Addera zu Ende gesprochen hatte, begann sie den Tisch zu reinigen und eilte zu den Regalen. Entnahm einige Bücher, legte sie auf den Tisch und wies Sieriel an sich zu setzten. Studiere diese Bücher, Hole mich, zurück wenn du fertig bist, dann werden wir darüber reden, was du gelernt hast und wie deine Zukunft aussehen kann. Wenn die Zwerge wieder Magie weben können, dann wird sich in Arida einiges ändern mein Kind. Wir schreiben Geschichte! So und nun lerne!"

Sieriel verstand nicht, was die Alte da erzählte. Das sie aus den Büchern lernen konnte das wiederum, war etwas was ihr Freude bereitete und, bereitwillig machte sie sich daran ihrer Aufgabe nach zu gehen, nachdem sie Addera wieder durch das Portal in den Berg zurückgeschickt hatte.

Die Bücher faszinierten Sieriel so sehr das sie alle Zeit vergaß. Sie lernte über die Völker von Arida und auch von anderen Ländern und studierte Karten und Berichte. Sie lernte verschiedenste Sprachen und Dialekte. Alles dies ging ihr so schnell von der Hand, das es eine Freude war, ihr zuzuschauen. Ab und an nahm sie sich auch das kleine Buch mit den Magieübungen wieder vor und nach und nach, schaffte sie, viele der Zaubersprüche perfekt wieder zu geben. Erst als ihr Magen mal wider knurrte und sie sich etwas zu essen per Magie wünschte, fiel ihr ein, das sie ja auch Addera holen sollte.

Schnell, fast wie ein Fingerschnippen, wob sie ein Tor und rief nach Addera.

Ohne das sie hinsah, wer oder was dort durch das Tor trat, ging sie wieder an den Tisch, wo sie sich bereits neue Bücher bereitgelegt hatte.

„Was ist das hier?" Die Stimme war nicht die von Addera. Sieriel erschrak leicht. Duna die Dienerin von Addera, stand in der Halle des Wissens und schaute sich um. „Was bist du doch dumm, Duna! Seit langer Zeit hat Addera dies als ihr allerheiligste Arbeitszimmer. Ich dachte, du darfst hier nicht eintreten. Weiß sie das du hier bist?"Duna erschrak. Addera war sehr streng mit ihr. „Verzeiht, ich war neugierig , so eine Tür wie diese habe ich noch niemals gesehen." Sieriel nickte. Ja das ist allerdings richtig, ich habe so etwas auch noch nicht gesehen. Wer weiß von wo Addera die her hat. Aber das darf uns nicht kümmern. Besser du gehst wieder bevor, Addera dich hier sieht. Geh! Ich werde stillschweigen bewahren."Duna bedankte sich bei Sieriel und verschwand wieder durch das Portal. Wenige Augenblicke später trat Addera ein. „Wie ich sehe, bist du fleißig und hast an das Tor gedacht! Sieriel schaute zu Addera rüber und sofort wieder in ihr Buch zurück.

Sie sollte nicht merken, dass bereits schon jemand da gewesen war.

„Ah das Elfenvolk, ja ich war einmal dort. Das ist schon sehr lange her."

Erstaunt schaute Sieriel zu Addera. „Du warst bei den Elfen? Ist das nicht wahnsinnig weit entfernt . Da braucht man ja viele Tagesreisen bis man dort ist und der Weg war doch bestimmt gefährlich, außerdem steht hier ds der Elfenwald eine magische Barriere hat so das nicht jeder dort eintreten kann. Also wie d´hast du das denn geschafft?"

Addera schwieg einen kurzen Moment. „Ja du hast recht der Weg war wirklich beschwerlich. Damals war die Rede das dort ein Schwert aus Dunkelerz aufgetaucht sein sollte. Niemand wusste, wie es dorthingelangt sein könnte. Du musst wissen Dunkelerz könne nur Zwerge aus dem Berg holen und ist kostbarer, als alles andere was es gibt auf dieser Welt. So bin ich dann von im Elfenwald in empfanggenommen worden und wurde in das Reich geführt. Schau! Hier auf der Karte, hier. Ihr Finger tippte auf eine Stelle mitten in einem Bereich, in dem ein Wald eingezeichnet war. Hier war die Barriere, sie fühlte sich fast so an, wie das Tor, das du hier geformt hast, nur konnte man die Barriere nicht sehen."

Sag Addera, was sind die Elfen für ein Volk.?"
Addera bestätigte die Frage mit einem kurzen nicken. „Ja sie wirken etwas überheblich. Sie denken sie wüssten alles in dieser Welt und fühlen sich unsagbar stark. Sie können mit der Magie umgehen noch bevor irgend jemand den Namen Arida jemals gehört hat. Niemand weiß woher sie ursprünglich stammen. Elfen waren schon immer da."

Sieriel blätterte weiter in dem Buch und sah sich die vieln Bilder an. Einige waren so deutlich, als wenn man direkt in die Welt der Elfen sehen konnten. Immer mehr wurde ihr Interesse geweckt, die Elfen zu besuchen. Sie musste von ihnen lernen, unbedingt.

„Allerdings, Kind. Es gibt nicht nur die Elfen wie du weißt auch Menschen können Magie weben und sie stehen den Elfen da in nichts nach. Wenn auch die Menschen ein Volk sind das für fast jedes Übel in Arida verantwortlich ist, sind sie auch der Wegbereiter für die Magie in der ganzen Welt von Arida und darüber hinaus. Einst gab es noch andere Völker in Arida allerdings sind die verschwunden, niemand weiß wohin sie gelangt sind. Neben den Menschen gab es noch die Fatu, ein friedliches Volk das eine andere Art der Magie beherrschte und dann die Dwilish, allerdings sind die vermutlich ausgestorben. Sie waren rein magische Wesen. Wie du siehst musst du noch sehr viel lernen und hier bist du an der besten Quelle. Kind, diese Bücher beherbergen eine Macht, die es kein zweites Mal in Arida gibt, sei dir dessen bewusst! So nun lass es für heute genug sein. Zeige dich wie immer Beden anderen. Einige fragen schon nach dir. Du warst viele Tag nicht zu sehen, ich möchte nicht das dumme Fragen gestellt werden! Morgen werden wir weiter lernen und zu niemanden ein Wort!"

Sieriel stellte die Bücher zurück in das Regal und trat zusammen mit Addera durch das Tor, das noch immer offen stand.

Sieriel wusste, sie musste ihr Wissen nutzen und wollte die wirkliche Welt da draußen erleben und sehen. Sie wollte mit Menschen, Elfen und anderen Zwergen sprechen und von

ihnen lernen. Sie lief durch den Berg und merkte nicht, wie andere Kinder ihr hinterher riefen. Ihr war es egal, sie hatte nicht viel Freunde, eigentlich hatte sie gar keine Freunde. Die meisten ärgerten sie nur und trieben ihren Spaß. Sie war lieber alleine und so lief sie weiter zum großen Tor. Die Sonne war kurz davor hinter den spitzen Gipfeln am Horizont zu versinken, als Sieriel das große Tor erreichte. Sie genoss die letzten warmen Sonnenstrahlen, die der Tag noch brachte. Sie lehnte sich an den harten Fels, der von der Sonne regelrecht aufgeheizt war, langsam rutschte sie in die Hocke, schloss die Arme um die Knie und ließ ihre Gedanken schweifen. Weit reisten ihre Gedanken bis hin zu den Elfen. Sie glitt zu den Menschen über große Städte hinweg bis hin zu einer riesigen Festung. Hoch wie ihr Berg, auf dem sie lebte. Aus einem der Türme schaute ein alter Mann mit weißen Bart und rief ihren Namen. „Sieriel! Wir wissen, dass es dich gibt, komm zu uns. Schau genau hin! Benutze das Tal.!"
Sieriel erschrak. „Was war das? Dies war doch kein Traum!" Alles schien so echt. So schnell,

wie sie konnte, lief sie zurück und suchte Addera. Die stand wie immer auf dem großen Gang und fluchte laut über Duna, die mal wieder ihre Arbeit schlecht gemacht hatte.

Anders als sonst zog Sieriel Addera an dem Arm in eine Nische und ohne das Addera überhaupt fragen konnte, was sie wollte, geschweige sich darüber aufregen konnte, was sie sich dabei dachte sie einfach so zu stören. Platze es aus Sieriel heraus. „Hört mir zu! Ich hatte eine Vision. Ich sah einen alten Mann in einer riesigen Burg, so hoch wie unser Berg. Er rief meine Namen und er verlangt, dass ich zu ihm komme!" Sieriel konnte kaum atmen, so aufgeregt war sie. Addera schubste das Kind etwas von sich fort. „Deswegen überfällst du mich? Deine Träume interessieren mich nicht Kind! Lass mich damit in Ruhe, ich muss mich jetzt um Duna kümmern. Geh nun ! Wir sprechen uns später noch einmal!" Addera lies Sieriel einfach stehen und ging steif mit langen Schritten den großen Flur hinab, um Duna zu suchen.

Sieriel war sich absolut sicher, dass dies kein Traum war, sondern das war eine Botschaft!

Erst langsam dann schneller begab sie sich in ihre Kammer. Dort wob sie ein Portal und war Augenblicke später verschwunden und betrat die Halle des Wissens. Zielstrebig ging sie zu einem der Regale, sprach einen Suchzauber, im Geiste sendete sie das Bild von der Burg und wartete, bis sich ein Buch aus dem Regal löste und zum Tisch durch die Luft schwebte. Unbeachtet das hier alles wieder voller Staub war, nahm sie platz und schlug das Buch auf.

Die Festung der Flüche

Tausende Jahre vor Sieriels Geburt herrschte in der Festung der Flüche ein Magier, der das Wissen aller Magier stahl. Einst hatten diese ihr Wissen in einen Adler gebannt und der wiederum verteilte es auf verschieden Eier, die dann in alle Welten gebracht wurden, um diese Macht vor Missbrauch zu schützen. Crador, der Herrscher, wie er sich selbst nannte, erfuhr von dem Adler. Er war zu der Zeit noch ein kleiner Magier, der mehr recht, als schlecht Magie weben konnte.

So begab er sich auf die Suche nach dem Adler und nach den Eiern, die alles Wissen über die Magie enthielten.

Er zog eine Blutspur durch alle Welten. Er macht vor nichts halt, bis er eines der Eier in den Händen hielt. Niemand wusste, wie er die Magie nutzbar machen konnte, also suchte er weiter und nach dem er weitere zwei Eier in seinem Besitz hatte, geschah es das einer der Bewacher der diese Eier, ihm unter den Qualen schrecklicher Folter, verriet, wie er an die Geheimnisse kam.

So nahm das Verbrechen seinen Lauf. Crador kehrte zurück in die Festung der Flüche und übernahm ganz Arida.

Er zwang die Königreiche in die Knie. Alle Völker standen nun unter seinem Zepter.

Es brach eine der schwersten Zeiten von Arida an. Auch in anderen Welten beobachtete man, was in Arida vor ging. Eine kleine Gruppe von Magiern, Menschen und Elfen machten sich daran, dem eine Ende zu bereiten. Crador musste das Handwerk gelegt werden, denn in seiner Gier nach Macht wird er auch die anderen Welten unterwerfen wollen. Es dauerte eine sehr lange Zeit, bis sich eine ansehnliche Armee gebildet hatte, die gegen Crador antreten wollte. Niemals hatte zuvor jemand die Festung der Flüche einnehmen können. Die Mauern der Burg waren so hoch, das die Zinnen von den Wolken verdeckt waren. Zudem umgab ein magischer Schutzwall die Burg.

Vergeblich mühten sich die Magier ab, den dunkeln Zauberer aus der Burg zu locken. Dieser jedoch schickte Wesen dunkler als die Nacht zu ihnen. Dangan und Kruell, große stinkende aufrecht gehende Monster, die ohne Gefühl nur den Befehl ausübten, alles zu töten, was sie sahen. Sie schwebten herab von der Burg auf den Kruell, die wie kleine Drachen schienen, nur waren sie hässlich wie die Nacht und ihre riesigen Mäuler zerrissen alles und jeden den sie zu fassen bekamen.

 Ein junger Magier, sein Name ist nicht mehr bekannt, erschuf, eine neue Art von Magie, die es erlaubte, den Schutzwall der Burg zu durchdringen. Dazu formte er aus reiner Energie einen Stab, der mit seinem Licht das er ausströmte, jedes Wesen der Dunkelheit vernichtete.

Mit dieser Waffe wagten die Magier der Welten einen neuen Angriff auf die Burg und schafften es, zu Crador durch zu dringen. In dem riesigen Thronsaal hatte er sich verbarrikadiert und sorgte mit allen Mitteln dafür, dass er von der Burg fliehen konnte. Zeitgleich holte er die Eier aus dem Versteck und verbannte sie an Orte, die nur er kannte. Einer der Magier beobachtete das Treiben und schrieb zwei der Verstecke auf einen Zettel, den er in der Burg verbarg, erst dann widmete er sich der Jagd nach Crador weiter.

Der dunkle Magier hatte sich leider verrechnet. Vor der Burg hatten die restlichen Magier einen Schutzwall gebildet, die es ihn ohne die Macht von Salith nicht möglich machte zu fliehen.

Er wehrte sich viel Stunden lang, bis die Magie ihn verbrannte. Der Staub seiner Leiche trieb noch weit über die Hügel vor der Festung, wo dieser dann kurz vor dem Wald zu Boden fiel. Alles, was diesen Staub berührte, wurde zu schwarzem Gestein der bis heut dort noch dem Wetter trotz.

Die Magier indes übernahmen die Burg und gründeten einen Rat. Den Magierbund.

Hier fand man einen riesigen Raum, in dem alle magischen Linien der Welten zusammen liefen. Jede dieser Linien zeigte an wann und wo Magie gewoben wurde.

Ab diesen Tag wurden alle Welten überwacht. Jeder der Magie wob, wurde in die Burg gebracht. Niemals mehr wurde schwarze, böse Magie jemals gewoben. Jedes Königreich bekam einen Magier der Burg an seine Seite und jedes Reich arbeitete mit der Festung der Flüche, wie sie immer noch heißt, zusammen.

Sieriel schlug das Buch wieder zu. Sie fasste hier und jetzt einen Entschluss.

Sie musst in die Festung der Flüche!

Nur wie kam sie dort hin. Sie hatte zwar ein vages Bild vor Augen, wie es dort aussah, aber sie wusste, das reichte nicht für ein Portal.

Da kam ihr ein Gedanke. Schnell Lief sie zu dem Regal und holte das Buch der Elfen und studierte die Bilder, die dort in einer einzigartigen Weise eingebracht wurden. Man hatte den Eindruck, dass man manche Sachen anfassen könnte.

So detailreich und echt wirkten diese Bilder. Eines der Bilder prägte sie sich besonders ein. Es war eine riesige Wiese vor einem Wald.

Ein kleiner Bauernhof befand sich hier. Ohne weiter zu überlegen, formte sie den Zauber und wob ein Portal.

Schnell trat sie hindurch, wenn auch gleich sie sich nicht sicher war ob das Alles so richtig war. Denn am besten sollte man diesen Ort schon einmal besucht haben, um ein Portal dorthin zu öffnen. Mutig trat sie durch das Gebilde, das sie geformt hatte.

Viele Tagesreisen abseits von dem Geschehen ging ein Wesen halb Mensch halb Baum in seinem Zimmer auf und ab. Der Greng war voller Ungeduld. „Warum war Syrianna noch immer nicht im Dunkelwald? Sie hätte längst hier sein müssen."

Seine Spione hatten ihm gemeldet, das eine merkwürdig gekleidete Frau mit einem als Bauern gekleideten Mann in Eldar genächtigt hatten.

Es ist ruhig geworden im Haus. Außer den den beiden Mädchen, die unten im Keller ihr Dasein fristeten, war keine Menschenseele mehr hier.

Die gesamte Belegschaft, die sich sonst um Haus und Hofgekümmerten haben, fielen dem Greng zum Opfer.

Einen nach den anderen entzog er jedes bisschen Lebenskraft, nur um sich zu stärken. Mit jedem Tag wurde seine Wut auf Syrianna und die Festung der Flüche größer.

In seinem Wahn merkte er nicht, das er kein halt mehr machte vor Mann Frau oder Kind. Eine Berührung von ihm und sie zerfiel zu Staub. Jeden Abend ging er hinunter in den Keller, um dann die beiden Mädchen zu beschimpfen und ihnen zu drohen. „Eure Schwester wird kommen ich weiß es! Dann wird mir Salith gehören und ihr werdet mir dienen, wenn ganz Arida mir zu Füßen liegt!"

Mit einem Lachen, das an Wahnsinn erinnerte, gingt der Greng die Treppen nach oben und schlug die schwere Tür zum Keller mit einem Donnern zu.

Der Greng war froh, dass er alleine war. Das Getue wie am Hofe hier im Haus langweilte ihm. Er brauchte die großen Gelage nicht. Wenn er Hunger verspürte, dann lud er einen seiner Dienerschaft in sein Zimmer und mit einer Berührung von ihm stärkte der Greng sich und gewann an Kraft. Jetzt saß er im großen Saal und schaute auf die vielen leeren Stühle. Er war da angekommen, wo er all die Jahre geträumt hatte. Nur war er allein. Aber was kümmerte ihn das . Er war seinem Ziel so nahe wie noch nie.

Wiedersehen

Schon früh am Morgen erwachte Syrianna. Für einen Moment hatte sie vergessen, wo sie sich befand, dann fiel ihr es wieder ein. Sie hatte schon lange nicht mehr so gut geschlafen. Wie lange das her war, konnte sie nicht mehr benennen. Jahre sind es nun schon, seitdem sie ruhelos unterwegs ist, um das Leben anderer und ihres zu beschützen. Sie war gezeichnet von all dem Leid, das sie gesehen und erlebt hatte.

Laute Stimmen und Befehle, die gerufen wurden, rissen Syrianna aus ihren Gedanken. Neugierig lief sie zum Fenster um nach zu schauen, was dort vor sich ging. Scheinbar hatten die Elfen Eindringlinge aufgegriffen. Umringt von Elfen wurde eine Gruppe von Menschen über den großen Platz geführt, vornweg Kenlad. Zwischen den Elfen meinte Syrianna ein Gesicht zu erkennen. Es durchfuhr ihren Körper wie ein Blitz. Aufregung und Freude zugleich ließen ihren Körper erzittern und wie im Fluge kleidete sie sich an und eilte, nach draußen um dem Tross zu folgen. Ihr Herz schlug ihr bis zum Halse als sie hinter der Gruppe stand. Sie musste es einfach tun. „Dylan?" So gut wie alle drehten sich um zu Syrianna. Stille trat ein, dann schob sich jemand durch die Gruppe. Dylan trat hervor und blieb vor Syrianna stehen. Wortlos schauten sich beide an und rührten sich nicht. Es war, als sei die Zeit stehen geblieben. Dylan hob eine Hand und berührte das Gesicht von Syrianna sanft. Seine Augen sprachen zu Ihr und sie fühlte, was er ihr sagte. Plötzlich war alles gut, Frieden. All diese Unruhe, das vermissen, das Suchen, all dies war plötzlich verschwunden und Wärme breitete sich aus in ihrem Körper. Langsam näherte sie sich Dylan. Sie zog ihn dichter zu sich heran und beide Körper waren so, als gehörten sie zusammen und duldeten keinen Abstand. All dies passierte ohne ein Wort und auch alle Beteiligten sprachen kein Wort. Etwas Magisches legte sich über die Zeit und man ließ sie gewähren. Areidon der dazu geeilt kam, blieb kurz vor den beiden Liebenden stehen. Er spürte, was die beiden

umgab, ein Lächeln huschte über sein Gesicht, dann kehrte er um. Momente später löste sich Syrianna von Dylan. „Du hier?"
„Nun diese Frage könnte ich auch dir stellen meine liebste. Wir haben sehr viel zu besprechen." Syrianna reagierte kaum auf das, was Dylan sagte, sie versank in seinen Augen.
Ein lauter Pfiff riss sie aus ihren Wolken, in denen sie schwebte. Die Elfen meldeten einen weiteren Ankömmling. Verwundert drehte sich Syrianna in die Richtung, aus der der Pfiff kam. Niemand war zu sehen, dennoch waren die Elfen wieder in Aufregung. Kenlad trat still neben Dylan und Syrianna. "Jemand mit magischen Kräften nähert sich uns."
„Ihr Elfen könnt das spüren?" Erstaunt schaute Syrianna zu Kenlad. Seine Lippen umgab ein kleines Lächeln. „Selbstverständlich können wir das meine liebe. Allerdings ist hier etwas Bedrohliches, etwas Mächtiges das da auf uns zu kommt. Eine Magie so kräftig, unsagbar Machtvoll. Ähnlich die von eurem Freund Areidon. Nur ist dieses hier, ich weiß es nicht in Worte zu fassen. Seien wir auf der Hut!" Gespannt

schauten alle auf das große Tor, eines der beiden Zugänge in das Reich der Elfen. „Vermutlich haben sie sich geirrt„ Olidir saß zusammen mit Areidon auf eine der großen Bänke die es hier überall gab. Wachsam schaute Areidon in die Richtung des Tores. Seien wir auf der Hut!" Kaum das Areidon zu Ende gesprochen hatte, trat ein kleines Mädchen durch das Tor. „Ein Zwergenkind!" Rief Areidon aufgeregt. Dylan war der Erste, der dem Kind entgegeneilte. Ängstlich schaute sich Sieriel um. Erst war sie in einem tiefen Wald geraten, aus dem sie scheinbar nicht mehr herausfinden zu drohte, dann durchschritt sie so etwas wie eine unsichtbare Barriere. Sie hatte ja mit allem gerechnet, aber damit was sie nun zu sehen bekam nicht. Fast wie eine Begrüßung standen unzählige Personen vor ihr. Ein Mann kam auf sie zu. Es war ein Mensch. Sofort baute sie einen Schutzwall um sich. Dem Menschen folgte nun auch ein Elf und ein alter Mann und noch zwei Frauen. Sieriel blieb nun stehen. Der Elfenkönig schritt auf das Mädchen zu. „Willkommen im Reich der Elfen

Zwergenkind. Es ist sehr ungewöhnlich, jemanden von den Zwergen bei uns zu sehen. Es ist schon sehr lange her das wir Zwerge bei uns friedlich begrüßen konnten. Was führt dich zu uns?"

Sieriel verneigte sich leicht vor dem König.

„Verzeiht mein Eindringen hier, ich bin auf der Suche nach der Festung der Flüche. Mein Name ist Sieriel, Tochter von Isada und Nagron vom Schwarzfels.!"

Olidir trat auf das Mädchen zu. „Ich bin Olidir, Ältester des Rates der Festung der Flüche, oh verzeiht ich war es. Aber sagt warum suchst du die Festung?"

Sieriel verneigte sich ebenso leicht vor Olidir wie vor dem König.

„Ich habe die Gabe Magie zu weben, alles Wissen, was ich bereits erlernt habe, habe ich aus Büchern und scheint meine von Geburt gegebene Fähigkeit zu sein. Ich möchte mehr über Magie und alles was damit zusammen hängt lernen. Bitte helft mir, in die Festung zu kommen."

Olidir zog eine Braue etwas hoch, wie er es immer tat, wenn er argwöhnisch war oder stark überlegte. „So so eine Zwergin mit magischen Fähigkeiten. Du hast dir einen denkbar ungünstigen Moment gesucht, um in die Festung zu gelangen. Böse Zeiten haben begonnen, die Festung ist von Stumpfsinnigkeit, Machtgier und veralteten Denken beeinflusst. Aber wenn du es möchtest Kind werde ich dich testen und wenn ich es für möglich ansehe, werde ich dich unterrichten, so wie es in der Festung üblich ist."

Die Augen von Sieriel begannen förmlich zu leuchten, alles an ihr strahlte Freude und Spannung aus. „Ratsherr, euer Angebot ehrt mich. Sehr gerne möchte ich eure Schülerin sein." Sieriel zog das kleine Buch hervor und reichte es Olidir. „Aus diesem Buch habe ich den größten Teil meines Wissens."

Olidir nahm das Buch entgegen und schon beim Anblick des Einbandes durchfuhr es ihm wie ein Schock. "Woher hast du dieses Buch?!" Er blätterte kurz drain und gab es schnell dem Zwergenkind zurück.

„Ich habe es aus einem verborgen Raum bei uns im Berg. Eines Tages bin ich ungewollt auf eine Bibliothek gestoßen. In Ihr fand ich dieses Buch. Es war teilweise zerstört. Ich habe es wieder repariert. Es scheint mich etwas damit zu verbinden ich weiß nur nicht genau, was es ist."

Olidir zog Emiliana zu sich. Gib mir doch bitte dein Buch der Elemente." Bereitwillig, wenn auch erstaunt reichte Emiliana dem Ratsherren ihr magisches Buch. Sofort verglich Olidir die beiden Bücher miteinander. Sein Atem ging dabei immer heftiger, Farbe wich aus seinem Gesicht und mit weit aufgerissenen Augen blickte er zu Emiliana. Dieses Buch gehörte einst einem von dem Volk der Fatua! Ihre Magie war einzigartig und manchmal für unsereins nicht nachvollziehbar. Es ist erstaunlich, dass du Kind mit der Magie der Fatua arbeiten kannst. Weiterhin ist spektakulär, wenn es dieses Buch noch gibt, dann muss der Besitzer dieses Buches noch am Leben sein. Was sich als unwahrscheinlich behaupte, aber die Legende sagt, wenn der Besitzer eines der Bücher der Elemente stirbt, vergeht auch sein Buch. Demnach muss hier diese Fatua noch am

Leben sein! Kind, du musst mir alles erzählen, was du darüber weißt. Komm! Wir setzten uns sofort zusammen!" Unbeachtet aller anderen Anwesenden zog Olidir förmlich an dem Arm von Sieriel, die ungläubig und auch leicht ängstlich zu Olidir schaute. „Olidir! Was tust du denn!" Emiliana nahm die Hand des alten Magiers von dem Kind und stellte sich schützend zwischen die beiden. „Lass das Kind doch erst einmal alle begrüßen und in Ruhe ankommen, dann ist immer noch Zeit zum Reden!"

Olidir schaute entschuldigend zu dem Mädchen, nickte und überlies Emiliana das Kind. Dylan und Syrianna indes zogen sich zurück um ebenfalls, all ihre Erlebnisse einander mit zuteilen. Niemand kümmerte sich um die beiden. Emiliana schaute nur mit einem kleinen liebevollen Lächeln den beiden nach, widmete sich dann aber wieder Sieriel.

„Komm Kind, ich will dir die anderen vorstellen. Dann werden wir erst einmal etwas essen. Danach sieht die Welt schon wieder anders aus. Du musst Olidir entschuldigen, er ist manchmal zu impulsiv. Sag, wie alt bist du?" Sieriel wusste darauf keine genaue Antwort. „Ich denke ich bin wohl ein Jahr alt. So sagte meine Ziehmutter."

Emiliana stockte der Atem. „Soweit ich weiß besitzen die Zwerge dieselbe Zeitrechnung, wie wir sie Menschen haben und ich glaube alle anderen in der Welt von Arida. Aber dann Kind müsstest du doch noch in den Windeln liegen und nach deiner Amme verlangen aber dich nicht durch Raum und Zeit bewegen mithilfe der schwersten Magie, die ich jemals erlebt habe. Das ist einfach unmöglich!"

Sieriel zuckte nur mit der Schulter. "Anders weiß ich es nicht. Mein Vater hat mir nur erzählt, dass bei meiner Geburt meine Mutter verstorben ist. Er macht mich dafür verantwortlich und hat mich deshalb in andere Hände gegeben. Addera meine Pflegemutter ist die einzige, die weiß, dass ich Magie weben kann. Meine schnelle Entwicklung machte allen bei uns im Berg Angst. So lebte ich nahezu alleine und widmete mich meinen Studien. Ich erfuhr von der Festung der Flüche, duch ein Vision und aus einem der vielen Bücher und nun denke ich, das es das beste ist, wenn ich dorthin gehe, um mehr zu lernen."

Sieriel klang so unschuldig aber auch so überzeugend das Emiliana ihr sofort Glauben schenkte bei allem, was sie erzählte.

„Kind, nur eins solltest du wissen. Ein Portal zu weben ist eine Kunst die es in Arida noch nicht lange gibt. Wie du davon erfahren konntest ist mir ein Rätsel. Außerdem denke ich, wirst du den Sturrköpfen in der Festung der Flüche, derzeit noch etwas beibringen können. Denn die Magie der Fatua ist äußerst selten und schwierig zu meistern. Viele Magier sind daran gescheitert diese Magie zu beherrschen, einige haben sich selbst vernichtet bei dem Versuch deren Geheimnisse zu ergründen. Das was du bereits kannst ist sehr viel. Vertraue Olidir, wenn er dich später testen wird. Widerstehe ihm nicht und gib acht was du tust, damit du niemanden verletzt." Freudig nickte Sieriel und begab sich weiter zu den anderen, die sie durchweg freundlich begrüßten. Areidon ging noch immer nachdenklich über den großen Platz und beobachtete das Mädchen aus der

Ferne. Ihm kam ein Gedanke, allerdings war dieser so bizarr und abwegig aber durchaus denkbar das er zweifelte das die anderen seien Idee für gut befinden würden. Er wollte mit Syrianna darüber erden, vielleicht kann sie die anderen umstimmen. Kaum das er seinen Gedanken zu Ende gedacht hatte, stand Syrianna auch schon neben ihm. Ein Lächeln und ein Hauch von Glücklichsein umgab Syrianna.

„Na meine Liebe, mit dir habe ich jetzt nicht gerechnet. Ich dachte, du hast viel mit Dylan zu bereden." Dabei zwinkerte Areidon verschmitzt mit den Augen.

Eine leichte Röte stieg in Syrianna auf, die sie dann doch mit einem Lachen abschüttelte.

„Das hat alles eine Zeit mein Lieber. Wir haben Ziele und nichts und niemand hält mich davon auf, wie du weißt. Dylan und die Elfen haben ihre Hilfe im Kampf gegen den Greng zugesagt. Ich habe einen Plan und möchte den heute Abend mit allen zusammen besprechen."

Areidon war erstaunt das Syrianna, dennoch so zielstrebig war. „Gut dann bereden wir heute Abend, wie es weiter geht. Es ist schön, deine Freunde kennen zu lernen. Ich habe ebenfalls Ideen, die ich durchdenken muss. Bitte verzeih mir. Ich werde mich zurückziehen um meine Gedanken zu ordnen."

Sofort drehte sich Areidon um und ging zielstrebig auf die Hütte zu in der Olidir und Emiliana verschwunden waren.

Vereinte Kräfte

Es war kaum ein Wort zu verstehen in dem großen Thronsaal des Elfenpalastes. Jeder rief etwas durcheinander oder beschwor laut seinen gegenüber, seine Idee noch einmal zu durchdenken. Areidon stampfte mit seinem Stab auf dem Marmorboden und der ganze Palast erzitterte. Augenblicklich verstummte die Masse.

Sieriel trat hervor und sprach zu den Versammelten. „Es ist ja hier wie bei uns im Berg, wenn der Kriegsrat tagt! Niemand bringt wirklich etwas auf den Punkt und jeder will sein Recht durch setzten. Warum kann man das nicht so klären, dass wir nicht unsere Zeit verschwenden. Auch wenn ich nur ein Kind der Zwerge bin und es für euch, noch scheinbar nicht Wert mit einbezogen zu werden, möchte ich euch versichern, dass ich es durchaus Wert bin das zu tun. Also lasst uns ab jetzt wirklich einen Plan finden!"

Niemand wagte, es zu reden. Noch nie war es vorgekommen, dass ein Kind sich derart im Thronsaal der Elfen so benahm. Areidon war der Erste, der das Wort ergriff.
„Sieriel, es ist nicht von Vorteil von einem Besucher, diese Runde derart zu stören und dazu noch an sich zu reißen. Allerdings möchte ich dir Recht geben in einigen der Punkte und deshalb bin ich bereit dir zu erklären, was es mit dem Greng auf sich hat. Und dann höre ich gerne deine Gedanken dazu an."
Wieder wurde Stimmen laut. Olidir zog eine Augenbraue nach oben und schaute in die Runde. Sofort trat Ruhe ein. Areidon erzählte allen sehr ausführlich, was es mit dem Greng auf sich hatte und auch berichtete er, von Salith und den beiden Schwestern, die sich in seiner Gewalt befanden. Ab und an ergänzte Syrianna seien Worte, hielt sich aber überwiegend abseits. Dylan lauschte den Berichten sehr aufmerksam. Es war ihm nicht so wichtig, was hier vor sich ging. Syrianna lehnete sich leicht an ihm und er spürte, wie

ihr Körper wärme abgab, er genoss diesen Moment.

Areidon beendete seinen Bericht mit den Worten: „So Kind, das ist die Geschichte um den Greng und der Grund warum wir hier sind."

Sieriel trat etwas hervor. „Ich möchte euch dabei helfen den Greng zu besiegen und die beiden Schwestern zu befreien. Mir scheint, das ein Aufenthalt in der Festung der Flüche derzeit nicht meine Erwartungen erfüllen wird."

Man hörte leises tuscheln. „Was will die denn können?"oder „Die ist doch nur Ballast." Und andere Sätze machten die Runde. Olidir trat vor.

„Sieriel, auch wenn du in der Lage bist die sehr seltene Magie der Fatua zu beherrschen und damit eine riesige Macht mit dir trägst, werde ich dich erst einem Test unterziehen und dann entscheidet der Hohe Rat der Elfen darüber, was zu tun ist und wir, ob du uns begleitest. Wir haben keine Zeit und auch nicht den Willen uns, um dich noch zu kümmern. Wenn auch gleich meine Worte dir jetzt nicht behagen werden so sind sie dennoch nur zu deinen besten. Olidir drehte sich zum Elfenkönig und dieser gab ein Zeichen, das die Versammlung nun beendet sei." Morgen in der Frühe wird entschieden, wer die Menschen begleitet. Wir werden den Wald von diesem Ungeheuer befreien und in Arida wieder Frieden schaffen!"

Mit diesen Worten stieg er herab von seinem Thron und verließ den Saal. Nach und nach gingen auch die anderen.

Kenlad trat auf Dylan zu, der nur Augen für Syrianna hat. Er räusperte sich, Dylan, ich werde dich begleiten, egal wie der Rat entscheidet." Freudig überrascht bedankte sich Dylan und ging ein Stück mit Kenlad den langen Flur hinab. Syrianna suchte Areidon. Der stand abseits mit Olidir und Sieriel. Scheinbar waren sie heftig in einem Gespräch vertieft.

„Lasst das Kind mit uns kommen Ratsältester, sie kann uns bestimmt nützlich sein."

„Ich werde sie jetzt einen Test unterziehen, dann wird entschieden!" Olidir nahm die kleine Hand des Mädchens und führte sie vor den Palast, auf den großen Platz. Kaum jemand war hier. Alle hatten wieder ihren alten Trott zurückgewonnen. Nur Kenlad und Dylan. Aber auch die Soldaten von Ellion sowie Syrianna schauten zu.

Olidir wies das Mädchen, an still zu stehen. „Egal was passiert Kind! Du musst immer eine Lösung finden. Sollte das Ergebnis nicht zu meiner Zufriedenheit sein, bleibst du erst einmal in der Obhut der Elfen!"

Sieriel schaute den Magier wütend an, ließ aber alles über sich ergehen. Geduldig wartete sie, was nun passieren würde.

Gerade als sie etwas fragen wollte, veränderte sich alles um sie herum. Plötzlich befand sie sich auf einer großen Waldlichtung. Vor ihr liefen zwei Menschen durch das hohe Gras. Der Junge hatte so etwas wie ein Stab in der Hand. In einer Sprache die Sieriel nicht ganz verstand, berührte er Bäume Sträucher und auch kleine Tiere. Sie spürte regelrecht, wie der Junge die Kraft der Lebewesen in sich aufnahm. Das Mädchen schrie ihn unentwegt an. „Trolan, bitte hör auf. Mutter hat und verboten das zu tun. Bitte hör auf!"

Tränen rollten über das Gesicht des Mädchens. Trolan hörte sie nicht mehr. Scheinbar siegte die Gier nach mehr Kraft und Macht das er nichts mehr um sich herum wahrnahm. Sieriel war bestürzt, von dem, was der Junge da trieb. In dem Moment wo von der Lichtung nichts mehr übrig war, als verbrannte Erde und Trolan seinen Stab auf das Mädchen richtete, lief sie instinktiv auf den Jungen zu, warf ihn zu Boden. Schnell sprang sie wieder auf ihre Füße, entriss ihm dem Stab. Knochen knackten, als Sieriel den Stab in den Brustkorb des Jungen stieß.

Mit weit aufgerissenen Augen blickte Trolan das Zwergenmädchen an. Er verstand nicht, was vor sich ging. Weinend stürzte sich das Mädchen auf Sieriel. „Du hast ihn getötet! Geh weg!" Sie stieß Sieriel weg von dem sterbenden Jungen.

Unbeachtet des vielen Blutes schmiegte sich das Mädchen sich an die Brust des Jungen und versank in Tränen.

Wie der veränderte sich die Umgebung. Sieriel befand sich in einer Art Höhle, die von riesigen Säulen gestützt würde. In gleichmäßigen Abständen waren Fackeln an den Wänden angebracht und beleuchteten den riesigen Raum dennoch sehr spärlich. Weit, am Ende des riesigen Raumes saß ein alter Mann gebückt über Aufzeichnungen und allerlei Gefäßen und faselte etwas vor sich her. Er nahm kaum Notiz von Sieriel. „Setz dich Kind, ich habe dich erwartet. Plötzlich war ein großer Stuhl direkt hinter ihr und auch der Tisch zog sich plötzlich in die Länge. Vor Sieriel lagen einige Dokumente und Bücher, die sehr alt sein mussten. Verschiedene Zeichnungen auf Pergament verhießen nichts Gutes. Sieriel hatte schon öfters diese Art der Beschwörungen gelesen. In der Halle des Wissens hatte sie erfahren von den Vergehen der dunklen Magier.

„Was dort vor dir liegt ist pure Macht, mein Kind. Vergessene Zauber mit denen du jedes Königreich in die Knie bezwingst, ohne das jemand etwas merkt. Du willst Magie lernen? Dann bleib bei mir. Hier bekommst die wahre Magie zu spüren. Zusammen gehört uns jede Welt, die du möchtest. Was interessiert uns die Alte marode Festung der Flüche? Wir werden der Dreh und Angelpunkt aller Welten. Vor dir wird man sich verneigen, wenn wir alle unterjocht haben. Grenzenlos wird unsere Macht sein!" Ein fanatisches Lachen begleitete das Gesprochene und verursachte ein Schauer, der eiskalt an dem Rücken von Sieriel hinunter lief.

Vorsichtig nahm sie eine Schriftrolle nach der anderen in die Hand. Sie hatte die Sprache erlernt, in der die Dokumente verfasst wurden. Etwas ließ sie erschaudern, als sie die Formeln studierte. Es war, als starrte etwas Eiskaltes in ihre Seele, griff nach ihr um sie zu verschlingen.

Instinktiv rollte sie das Schriftstück zusammen und hielt es kurzerhand in die Kerze die vor ihr Stand. Der alte dunkle Magier schrie auf vor Wut. „Was tust du da? Das Dokument ist unersetzbar!" Eine blaue Kugel aus Licht raste auf Sieriel zu. Gekonnt werte sie diese ab. Routiniert reagierte sie ebenso, aber sie lenkte ihre Gegenwehr nicht auf den Magier, sondern setzte alle Dokumente auf dem Tisch in Flammen. Der Magier schrie auf und ging ebenfalls in

Flammen auf. Lange noch lag der Todesschrei des dunkeln Magiers in der Luft.

Kurz wurde alles Dunkel um Sieriel, jetzt lief sie durch Staub, der in der Luft aufwirbelte und mit jedem Schritt, langsam in Wolken wieder zu Boden sank. Nirgends konnte sie etwas Lebendiges erblicken. Selbst die Sonne drang nicht durch die Wolken, die ähnlich dem Staub waren. Alles war einfach nur Grau. Ein laubloser Busch, den sie berührte, zerfiel zu Staub. Ängstlich blickte Sieriel sich um. „Was ist das für eine Welt, in der sie sich befand? Was soll ich hier?" Dachte sie bei sich. Neben einigen verdörrten Baumstämmen, die in den dunkeln Himmel ragten, war nichts weiter zu erkennen. Links von ihr waren die Reste einer Hütte oder Hauses zu erkennen. Hier war schon lange niemand mehr, dessen war sie sich sicher. Vorsichtig öffnete sie die zerborstene Tür des verfallenen Hauses. Sie konnte kaum etwas erkennen, so dunkel war es hier. Doch da, in der Ecke blitze etwas auf. Kaum zu sehen aber dennoch war es etwas anderes als alles, was sie bisher hier gesehen hatte. Sie ging mutig drauf los. „Das gehört mir!" Schrie eine Stimme hinter ihr. Eine völlige abgemagerte Frau, dennoch schön aber mit kalten Zügen, stand in der Tür. „Lass deine Finger ab davon! Das ist mein Besitz! Wage es nicht!" Sieriel hatte den Ort erreicht im Raum, von hier kam diese Blinken. Vor ihren Füßen lag ein roter Stein. Schnell bückte sie sich nach dem Edelstein. Der Stein fühlte sich heiß an, in ihrer Hand. Er pulsierte leicht als wenn er eine Kraft in sich trug.

„Reich ihn mir! Ich werde dich reich belohnen. Kind, nun mach schon." Die Frau fing an zu bitten und betteln. „Wenn du mir sagst warum dieser Stein, so wertvoll für dich ist dann werde ich ihn dir geben. Sag schon!" Zoria hielt inne. Es hatte den Eindruck, als wolle sie überlegen. „Es ist ein Talisman, den ich vor einiger Zeit hier verloren habe. Es ist eigentlich nur einfacher Tand, aber für mich ist er sehr wertvoll. Bitte gebt ihn mir." Sieriel spürte, dass die Frau sie belog. Sie hatte einmal etwas gelesen, das man in Edelsteinen Magie speichern konnte. Schnell überlegte sie, wie es anstellen kann, die Kraft aus diesem

Stein zu nutzen. „Gib mir den Stein!" Schrie die Frau nun. Ohne zu überlegen, presste Sieriel ihre Finger um den Edelstein, sie spürte die Macht, die in dem Stein lag. Wie auch immer sie es anstellte, sie nahm die Kraft des Steines in sich auf. Wie das vor sich ging Versand sie selber nicht. Nicht der kleinste Funke blieb in dem Stein Verborgen und ging auf aus Zwergenmädchen über. Mit der freien Hand formte sie ein Tor in der Luft und schlüpfte hindurch. Hinter sich hörte sie noch das Schreien der Frau, dass langsam verklang. Sieriel stand wieder vor dem alten Magier.

Um sie herum war es totenstill. Einjeder hatte sich hier eingefunden, um das zu beobachten, was Olidir hier veranstaltete. Jeder konnte sehen, was Sieriel getan hatte. Niemand wagte, ein Wort zu wechseln. Olidir ging auf das Mädchen zu. „Kind, in die schlummert eine große Macht. Noch niemals habe ich ein Kind gesehen das so schnell in Lage war zu lernen und in der Form Magie an zu wenden. Du hast die Prüfung bestanden. Ich werde dir alles was du lernen musst beibringen. Ab sofort bist du meine Schülerin." Sieriel verneigte sich leicht vor Olidir. „Habt dank. Ich werde eich gewiss nicht enttäuschen." Olidir schaute das Mädchen kurz an. Nickte dann leicht, drehte sich um und ging zurück zum Palast des Königs. Sofort wurde sie von den anderen umringt. Jeder wollte etwas wissen von Sieriel. Außer eine Person, Areidon, er hatte sich etwas weiter weg von gemütlich gemacht und beobachtete das Zwergenkind ausgiebig. „Über was denkst du nach Areidon?" Syrianna hatte sich ihm unbemerkt genähert. „Sie könnte den Greng widerstehen, sie könnte es. Wenn man es ihr zeigen würde. Die Magie des Zwergenvolks und der Fatua war einst so mächtig, das ganze Völker sich ihrer Gewalt gebeugt hatten. Sie ist anders als wir alle zusammen. Aus diesem Grund kann der Greng sie nicht verletzten." „Dann solltest du mit Olidir reden. Wir könnten meine Schwestern befreien! Areidon bitte, lass uns gleich zu ihm gehen. Ich bitte dich!" Areidon zögerte einen Moment. „Ich werde Olidir aufsuchen. Alles zu seiner Zeit. In der Zwischenzeit denke ich wäre es doch ratsam, dich mit Emiliana zu unterhalten. Ich denke, sie würde dich sehr gerne kennen lernen. Zumal du ja wie ich annehmen möchte, bald zu ihrer Familie gehören wirst." Syrianna schoss die Röte in ihr Gesicht. „Ja du hast recht, dass sollte ich tun." So neigte sich der Tag seinem Ende zu. Jeder hatte etwas zu tun Oder zu besprechen. Olidir saß mit Areidon zusammen, lautstark diskutierten sie über ein Thema der Magie. Syrianna ging Arm in Arm mit Emiliana im Hof des Palastes. Sieriel lag mit offenen Augen auf ihrem Bett und dachte an ihren Vater.

Etwas weiter abseits allem schlich eine Gestalt durch die Dunkelheit. Immer auf der Suche nach Syrianna und ihrem Bündel, das sie immer und überall dabei hatte. Sein Meister hatte ihn aufgetragen, ihr das zu stehlen. Dann unbemerkt das reich der Elfen zu verlassen. Wenn er ihm das Bündel brächte würde er ihn reich belohnen.

Prophezeiung

Sieriel bemerkte nicht wie vor Erschöpfung einschlief. Die Prüfung hatte mehr von ihr verlangt, als sie sich hat träumen lassen. Die Bilder des Tages glitten noch einmal an ihr vorbei. Obwohl, eines der Bilder das da immer wieder auftauchte, kannte sie nicht.

Wieder und wieder blitze es kurz auf. Es zeigte eine Landschaft im Hintergrund eine riesige Stadt. Riesige Türme ragten bis in die Wolken. Wenig später stand sie vor den Toren der Stadt und ein freundlich blickender Mann winkte sie zu sich heran. „Sei herzlich willkommen, wir haben die Berits erwartet."
Automatisch wie in Trance schritt sie neben den Mann her.
Es waren keine Menschen weiter zu sehen. Der riesige Marktplatz war leer, kein Verkaufsstand niemand, der etwas anbot.
Keine Seele war hier außer sie und der freundliche Mann, dessen Namen sie nicht kannte. Sie fragte auch nicht, sondern ging einfach nur hinter ihm her.

Vor einem Gebäude, das einem alten Tempel ähnelte, blieben sie stehen. „Hier musst du allein hinein gehen, für mich ist dieser Weg versperrt" fragend schaute Sieriel sich um und wieder zurück zu dem Mann, der sie bis her geleitet hatte, aber dieser war nicht mehr da, als hätte ihn der Boden verschluckt.
Zaghaft drückte sie an die schwere Tür vor sich. Völlig geräuschlos öffnete sich die Tür. Sieriel konnte nicht sehen, was sie dort erwartete, es war im Inneren völlig dunkel.

Zaghaft trat sie durch die Tür und ihre langsamen Schritte hallten im inneren mehrfach zurück. Scheinbar war das eine riesige Halle, in der sie sich nun befand.
Langsam ging sie weiter, kaum das sie drei Schritt gegangen war, schloss sich die Tür hinter ihr. Sie versank in völliger Dunkelheit. Sie vernahm nur ihren Atem und hörte ihr Herz, das so laut schlug, das es von den Wänden widerhallen müsste,
dachte sich Sieriel. Regungslos stand sie da und harrte aus. Sie spürte, dass sie nicht alleine war, etwas Warme strahlte hinter ihr. Es schien, als würde eine Wärmequelle sich

hier befinden. Ein kratzendes Geräusch lies sie zusammenzucken, sie drehte sich zu dem Geräusch, funken sprühen über dem Boden und beleuchteten ein riesigen oranges Auge.

Ihr Spiegelbild war in der ovalen Pupille zu erkennen. Sieriel stockte der Atem. Instinktiv schritt sie zurück, um die Halle zu verlassen, aber sie fand die Tür einfach nicht.

Es war kalter Marmor, nichts deutete auf eine Tür hin. Wieder sprühten die Funken, nur dieses Mal entzündete sich eine Fackel. „Hab keine Angst Sieriel! Mein Name ist Yaldur.

Ich gehöre zum Volk der Fatua und dies hier, er deutete auf das riesige Tier neben ihm, ist mein treuer Begleiter Ralogg, er wird dir nichts tun. Du wirst dich sicher fragen, wo du bist und was das hier alles soll. Du bist hie, r um die Prophezeiung zu hören, die vor vielen tausend Jahren bereits geschrieben wurde, hier in Lisdra.

Sieriel löste sich aus ihrer Starre und trat auf Yaldur zu.

Neugierig schaute sie den Mann an, seine Kleidung war nicht die, die sie sonst kannte.

„Ich habe gehört von den Fatua, man sagt sie seien längst ausgestorben.

Es gibt wenige Aufzeichnungen darüber, wer sie waren und warum sie verschwunden sind. Was habe ich mit alledem zu tun. Ich bin vom Volk der Zwerge."

Yaldur trat etwas von seinem Drachen weg, auf Sieriel zu.

„Du hast unsere Magie bekommen, sie wurde vor vielen Jahren dem Volk der Zwerge vererbt um das Wissen der Fatua zu bewahren in der Welt von Arida.

Eines Tages wird es ein Wesen geben, das unsere Magie versteht und anzuwenden weiß, so steht es geschrieben. Nun bist du hier in Lisdra. Verwundert schaute Sieriel Yaldur an.

„Aber nein, ich Träume doch nur, ich befinde mich beiden Elfen, nicht wie du sagst in Lisdra."

Es dauerte einen Moment, bis Yaldur ihr antwortete, es schien als Sucher er nach den richtigen Worten.

„Sieriel, du bist in der Lage ohne die Linien zu reisen, auch brauchst du kein Portal.

Die Fatua haben die Macht sich in reine Energie zu verwandeln und so durch die Welten zu Reisen.
Es wird die Zeit kommen da lernst du das von mir.
Nun aber sei mein Gast und ich werde dir berichten von den Fatua und welche Rolle du spielen wirst in der weiteren Existenz unseres Volkes."
Freundlich gab er dem Mädchen ein Zeichen ihm zu folgen.
Sieriel fühlte sich sicher, ging die riesige Halle hindurch gefolgt von dem alten Drachen. Yaldur berichtete ihr unterwegs, welche Rolle er spiele. Sie erfuhr außerdem, das er es sein wird, um sie weiter in der Kunst der Fatua-Magie zu unterweisen.
Sieriel fand Gefallen an Yaldur und seine freundliche Art.
Sie berichtete von dem Greng und was in Arida so vor sich ging. Verträumt sah er Sieriel an. „Arida, wie sehr würde ich wieder in diese Welt reisen.
Aber unsere Zeit ist noch nicht gekommen. Bald Sieriel, bald werde ich dich und dein

Volk und ganz Arida bereisen. Jetzt aber wirst du lernen, um dich und die Welt von Arida zu verteidigen vor den Bösen." Sie blieben beide vor einer kleinen Holztür stehen. Sie war anders als alles hier, weniger verziert und wirkte recht schlicht. Quietschend öffnet sich die Holztür. Yaldur bat sie ein zu treten. Der Raum war größer, als er schien. Zumindest war Sieriel nicht in der Lage die Höhe zu schätzen. Unzählige Regale wirkten, wie Türme dessen ende man nicht erkennen konnte. Viele merkwürdig wirkende Gerätschaften standen überall herum und Bücher, überall lagen, standen, stapelten sich Bücher in allen Größen. Sieriel war fasziniert. Sie liebte Bücher. Sie besaß zwar erst ein Buch, aber das war ja auch ihr Schatz. Alles um sie herum verblasste plötzlich, was blieb, waren die Worte von Yaldur: Vergiss niemals die Prophezeiung. Es wird eine von den Zwergen kommen. Ihre Seele ist die der Fatua. Sie wird Lisdra und Arida vereinen." Sieriel schlug die Augen auf. Sonnenlicht blendete sie, es war bereits Mittag.

Pergen

Der Greng sog aus allem Kraft, alles, was er finden konnte. Selbst Insekten wurden nicht verschont. Jegliche Energie des Lebens nahm er in sich auf. Erst als alles um ihn herum, in ein Nichts übergegangen war, ließ er seine Macht auf das herannahende Herr nieder. Ein dunkler Atem ergoss sich auf die Phalanx von Reitern und Fußvolk. Es schien, als würde das riesige Herr von Königin Kisdra niedergewalzt werden. Aller Kampflärm verstummte sofort in eine todbringende Stille. Der Wind wirbelte einige der schwarzen Staubkörnchen durch Luft. Überall wo dieser sich ablegte, hielt der Tod Einzug. Kaum das der Greng zehn Schritte auf das feindliche Herr zugegangen war, war es auch schon vernichtet. Gestärkt durch all die vielen Lebensgeister die er erhalten hatte, machte der Greng sich weiter auf den Weg zur Festung der Flüche. Nichts und niemand konnte ihn nun aufhalten.
Mit seinen riesigen Beinen lief er unentwegt in Richtung der Festung.. Seine Spione hatten

ihm mitgeteilt, dass sich Syrianna dort aufhielt. Wut kam in dem Greng auf, Dholin der machthungrige Magier hatte es nicht geschafft die Führung der Festung der Flüche an sich zu reißen und sie an den Greng zu übergeben. Dieser Mensch war einfach gescheitert. Es war an der Zeit, dass der Greng nun alles selbst in die Hand nahm. Das Ei Saliht war in der Festung und das fehlende dritte Mädchen. Das Heer von Kisdra war ein Leichtes zu besiegen. Es war ihm sogar sehr willkommen. Jedes Lebewesen, das ihm in den Weg kam, nahm er in sich auf und stärkte sich daran. Er wusste, das die Festung der Flüche ein riesiges Bollwerk war umgeben von einem riesigen magischen Schutzwall. Heute musste es ihm gelingen. Die Heere von Ellion waren vernichtet und auch die Elfen und Zwerge haben sich zurückgezogen. Wie die feigen Ratten hockten sie nun alle in der Festung, in der Hoffnung hier geschützt zu sein vor der Macht des Greng.

Am Horizont konnte er die hohen Türme der Festung bereits ausmachen. Rasend und blind vor Hass und Wut lief der Greng wie in

Trance, er nahm keine Rücksicht mehr, er lief durch Dörfer und kleine Städte, er löschte einfach alles Leben aus, dass sich ihm in den Weg stellte. Eiseskälte stieg in ihm auf, je näher er der magischen Barriere der Festung kam.

Dann traf es ihn wie ein Donnerschlag. Er hatte mit allem gerechnet, mit den restlichen Söldnern von Ellion, den Elfen und den Zwergen. Der kleinen Schar von Magiern aus der Festung schenkte er kaum Beachtung. Allerdings was jetzt geschah, lies ihn erstaunen. Noch niemals hatte es eine magische Kraft gegeben, die ihn derart verletzt hat. Wankend stütze er sich auf einem kleinen Baumstamm den er ausgerissen hatte und ihn als Stock zu nutzen. Mit seinen menschlichen Augen versuchte er zu erkunden, aus welche Richtung der Angriff kam. Dann fand er den Ursprung. Wut kam in auf. „Ein Zwergenkind?" Rief der Greng lauf vor sich her. Er wusste, dass es niemanden gab, der ihn hören konnte. Aber das war ihm egal. Erstaunt über so viel Macht in einem Kind setzte er einen Schritt nach dem anderen in Richtung Festung. Festentschlossen sein Ziel zu erreichen. Doch kaum das er zwei Schritte getan hatte, riss es ihn von den Beinen. Etwas helles Blendendes traf in an den Beinen. Er stürzte der Länge nach hin und bewegte sich einen Moment nicht. Der Greng konnte nicht verstehen, wie es sein konnte, dass es jemanden gibt, der ihm die Stirn bieten konnte. Mühsam zog er sich an seinem Stab nach oben. Jetzt wo er zu spüren bekommen hatte, dass doch eine Gefahr von der Festung ausging, suchte er Schutz in dem kleinen Wald, der die Festung im Süden umgab. Hier im Schutz der Bäume gelang er wieder vorwärts und die Angriffe gingen an ihm vorbei. Erst als er den breiten Wassergraben erreichte, war er wieder den Angriffen der Zwergin ausgesetzt. Er wich ihr mit riesigen Schritten aus und sprang förmlich über das Wasser hinweg. Das riesige Südtor der Festung war nun in greifbarer Nähe. Mit neuem Mut schritt er voran, um sein Ziel zu erreichen. Wenige Augenblicke später stand der Greng vor dem Tor und war nicht mehr in der Lage sich zu bewegen. Es schien, als sei ein Netz aus bläulich schimmernden Linien um ihn herum gesponnen und hinderten ihn daran, einen Schritt zu tun, geschweige denn einen Arm zu bewegen. Und immer, dann wenn er mit dieser Linie in Berührung kam, stieß er Schreie von Schmerzen aus, dass es Laut von der Festungswand widerhallte. Langsam zog sich das Netz aus Licht zu und drückte den Greng mehr und mehr zu Boden. Die feinen Zweige seiner Arme und derer vom Kopf fingen Feuer. Eine weiße Rauchfahne ging von dem Greng aus und die Schmerzensschreie wurden lauter und lauter. Aber das magische Netz neigte sich immer weiter nach unten. Bis es die Gliedmaßen durchschnitt und es plötzlich still wurde. Der Greng, lag da in seinem Blut mit abgetrennten Gliedmaßen. Langsam verblassten seine baumähnlichen Strukturen und er kehrte zu dem Zurück, was er mal war. Der feige Verräter Pergen. Leer schauten die Augen in die Richtung aus der ein kleines Mädchen einen Zauber wob, der ihn zu Fall brachte. Nun konnte er keinen Hass und nichts Böses mehr in die Welt

setzten und der Fluch war gebrochen. Die Welt von Arida war eine Geisel des Todes endlich los.
Jubel drang durch die Mauern und von den Zinnen der Festung.

Verirrt

Hand in Hand gingen Syrianna und Dylan durch das magische Tor, das beide zusammen gewoben hatten.
Areidon stand etwas abseits mit Sieriel an seiner Seite. Die Elfen und Olidir hoben noch einmal die Hand zum Gruße.
Unbemerkt schob sich Dholin durch die Gruppe, er nutze den Moment, wob einen Zauber, den er dann mit aller Kraft die er aufbringen konnte, auf das Tor zu schleuderte, durch das gerade Syrianna und Dylan schritten. Mit dem Geräusch, als wenn ein riesiges Fenster zerbarst, schloss sich das Tor. Man konnte erkennen wie die beiden Reisenden von den Beinen gerissen worden

und durch das sich schließende Tor wirbelten. Ein Aufschrei ging durch die Menge.

Dholin stieß ein fürchterliches Lachen aus. Alle Augen waren sofort auf ihn gerichtet. Das Lachen erstarb in den Augenblick, in dem mehrer Stränge aus Licht auf ihn zuschossen und ihn fesselten und zu Boden warfen.

„Wie konnte er hier nur her gelangen?" Olidir schaute seinen Widersacher in der Festung der Flüche beängstigend an.

„Ist deine Gier nach Macht immer noch ungebrochen Dholin? Die beiden haben Arida gerettet und somit auch unzähligen Menschen ihr Heim und Leben bewahrt. Wie kann man nur so böse sein? Alles für das wir zusammen in der Festung gestanden haben kann doch nicht aus deinem Geist gewichen sein?" Olidir beendete seine kurze Rede mit einigen Tränen in den Augen. Auch wenn Dholin ihn als seinen Feind sah, so hatte es Olidir niemals getan. Denn einst hatten die beiden zusammen den Rat mit aufgebaut und ein riesiges Netz geschaffen unter den Magiern, um Arida zu unterstützen. Um so mehr hatte er Mitleid mit dem Mann.

Hasserfüllte Augen sahen Olidir an. Sie haben es nicht anders verdient! Alle haben es nicht anders verdient! Mir, mir allein steht es zu, die Festung zu regieren und die Geschicke von Arida und den anderen Welten zu steuern. Mir allein!" Die letzten Worte schrie Dholin, seine Augen blickten ruckartig unkontrolliert in alle Richtungen und sein ganzer Körper zuckte, der Wahnsinn hatte seine Seele und seinen Körper zerfressen. Leise murmelte Dholin einige Worte. Ein kurzer Moment der Stille setzte ein. Nicht ein Windhauch, kein Vogel oder gar anderes Geräusch war zu vernehmen. Dann löste sich ein gleißend heller Lichtblitz, von der Stelle an der Dholin lag. Ein Donnern erschallte mit einer Druckwelle die alles mit sich riss und durch die Luft wirbelte. So schlagartig wie dieses Ereignis auftrat, war es auch schon wieder erloschen. Olidir spürte, wie ihm Blut warm das Gesicht herabrann. Sieriel lag unweit vor ihm. Areidon hatte schützend so weit, wie der konnte eine Kuppel aus Magie über sich und den anderen geschaffen. Jemand reichte ihm die Hand und sprach zu ihm, aber das einzige, was er vernehmen konnte, war ein Pfeifen in den Ohren. Nach und nach wurden die Stimmen um ihn lauter. Jemand schrie vor Schmerzen, anderen riefen Namen. Es war ein Chaos sondergleichen. Alles im Umkreis von mehreren Metern war dem Erdboden gleichgemacht. Selbst die Eichen die hier schon seit tausenden von Jahren standen, waren halb schief entwurzelt. An der Stelle an der Dholin gefangen wurde, war nur noch ein schwarzer Fleck zu sehen. Der Boden hier war mit einer Schicht aus schwarzem Glas überzogen.

Es dauerte den ganzen Tag, bis alle Verletzten versorgt waren. Heiler eilten von einem zum anderen.

Der Rat saß noch spät in der Nacht zusammen. Man rätselte, ob Dylan und Syrianna ihr Ziel unversehrt erreicht haben. Trotz aller bedenken die Olidir und Areidon geäußert hatten, wollten sie zusammen mit Dylan in das verbotene Land. Sie wollten beide lernen. Dort gab es verschollenes Wissen, Wissen das Arida bereits vergessen hat. „Also für mich steht es fest! Ich werde den beiden folgen. In wenigen Tagen werde ich zurück sein und berichten! Ich muss wissen, wie es den Beiden geht! Sieriel schaute den Dwilish überrascht an. Dann werde ich dich begleiten, und Nein! Ich werde dich begleiten, so haben wir Zeit für die Ausbildung, die du mir versprochen hast!"

„Dann bin ich auch dabei!" Sven stand auf und hob seinen Krug, um der Aussage Nachdruck zu verleihen. Auch Kenlad bekundete seine Bereitschaft, Areidon zu begleiten. Olidir schaute in die Runde, ohne ein Wort von sich zu geben. Seine Augen blieben bei Emiliana stehen. Er lächelte ihr gefühlvoll zu. „Ich möchte ebenso etwas bekannt geben. Ich werde Areidon ebenfalls begleiten, ich übertrage Emiliana die Führung der Festung der Flüche, für die Zeit meiner Reise und darüber hinaus!"

Emiliana blickte erstaunt den Ratsherren an. „Olidir, nein, das geht nicht! Ich kann doch nicht.."

Olidir hob eine Hand und unterbrach so den Satz von Emiliana.

„Ich weiß es bedarf den Beschluss des Rates, allerdings möchte ich zu verstehen zu geben das niemand für den Posten am besten geeignet als Emiliana. Liebe Mitglieder des Rates, ich bitte euch, eure Etimme für Emiliana zu geben. Es muss wieder Ruhe und Frieden in die Festung der Flüche einkehren. Wir haben die Pflicht, für Arida und auch für die anderen Welten zu sorgen. Ich bin zu schwach dazu. Die Reise in das verbotene Land ist auch für mich etwas was all meine Träume übertreffen wird. Somit lege ich ab sofort mein Amt in die Hände von Emiliana!"
Wieder schaute Olidir in die sprachlosen Gesichter, einen nach den anderen. Dann etwas zögerlich gingen Hände nach oben. Nach und nach war jede Hand oben. Selbst die von Sven, obwohl er dem Rat nicht angehörte. „Somit ist es einstimmig beschlossen!" Erhebt euch Emiliana, Oberhaupt der Festung der Flüche! Von nun an unterstehen die Festung und alle anderen Magier eurem Befehl, mit dem Rat an eurer Seite werde ihr Gutes für Arida und die

Welten tun, Böses abwenden und Wissen sammeln und weiter geben."

Emiliana stand auf, verneigte sich vor Olidir. „Habt Dank! Ich werde alle meine Kraft aufwenden um der Festung und Arida gerecht zu werden.!"

Applaus erschallte und die Becher und Krüge wurden gehoben. Man stieß auf das neue Oberhaupt und auf Arida an. Als der Morgen graute, kehrte Ruhe in die Festung der Flüche ein. Abgesehen von einer kleinen Gruppe, die vor einem riesigen magischen Tor standen. Sven beruhigte die Pferde, die vor dem hellen Licht des Tores scheuten." He he meine liebe, beruhige dich, ich habe genau so wie du Angst vor dieser Magie aber wir müssen schauen, ob es Dylan gut geht und die alten Männer wollen unbedingt etwas Neues lernen. Als wenn ihre Magie nicht schon genug wäre. Aber was red ich." Er hielt seinem Pferd einen halben Apfel vor die Nüstern, die andere Hälfte genoss er herzhaft. Dann schritten sie den anderen hinterher durch das Portal. Heiße Wüstenluft schlug der Gruppe entgegen. Man konnte kaum die eigenen Füße erkennen, so schlecht war die Sicht. Sand kroch in jede kleinste Ritze und schnitt, wie Messer auf der Haut. Die heiße Luft nahm einem den Atem. Sofort nachdem das Tor erloschen war, erschuf Areidon eine Kuppel um die Gruppe. Stille trat ein. So harrten sie aus, bis der Sandsturm sich legt.

ENDE

.